Luigi ZUCCANTE

I0534354

La véritable histoire de Peter Brank

Editions le Point du Jour

Numéro d'ISBN
978-2-9564406-0-4

information
lepointdujourcontact@free.fr

*à tous ceux
rencontrés sur les chantiers
et en particulier à Manu*

La véritable histoire de Peter Brank.

A la fin du siècle dernier, je collaborais aux éditions Itinéraires qui venaient d'être créées par Luigi Zuccante. Il y avait publié les romans historiques de Georges Teindas et, comme il savait que j'avais été son élève lorsqu'il était professeur de lettres à Toulouse, il m'avait demandé de les préfacer. C'est avec beaucoup d'émotion que j'avais découvert cette face cachée de mon ancien maître aussi j'avais été fort redevable aux éditions Itinéraires de m'avoir donné l'occasion de lui rendre hommage et d'écrire tout ce que je devais à son enseignement. C'est alors que Luigi Zuccante me demanda d'écrire une préface pour le premier ouvrage d'un auteur qui lui avait envoyé son manuscrit par la poste. Il s'agissait de « Ciel d'Enfer » de Peter Brank. Je lus donc « Ciel d'Enfer ». J'avais engagé cette lecture un peu comme un travail. Mais dès les premières pages, je sus que cela n'aurait rien à voir avec un travail. C'était une véritable découverte où je retrouvais les échos des émotions que m'avait procurée la lecture des écrivains de la côte ouest, John Fante, Brautigan, et surtout Bukowski. Et puis aussi, me vint le souvenir lointain des polars qu'écrivait Boris Vian à la fin des années 40 sous le pseudonyme de Vernon Sullivan. Je lus le roman d'un trait et appelais Luigi Zuccante pour lui demander plus de précisions sur son auteur. Il me dit qu'il n'en savait pas plus que moi. Comme il me l'avait dit, il avait reçu le manuscrit par la poste dans une simple enveloppe de papier kraft, et un mot de l'auteur lui demandant s'il voulait bien le publier. Il lui avait juste donné une boite postale pour le contacter. C'est par cet intermédiaire aveugle que toutes les démarches officielles avaient été traitées.Comme le Chinanski des « Souvenirs d'un pas grand chose », Peter Brank est un loser intégral. Rien ne lui réussit, la vie a décidé d'en faire la plus misérable de ses victimes. Le narrateur de « Ciel d'Enfer» n'a sa place nulle part. Dans le monde professionnel, il est relégué à la plus basse des places. Il est manoeuvre dans une entreprise de construction. Il y est juste pour gagner sa croute et sans aucune ambition. Peter Brank n'attend rien de sa vie, sinon, peut-être, survivre. Telle une bouteille à la mer, il est balloté dans une tempête dont il ignore tout, d'où elle vient, quand elle cessera, si jamais elle cesse... Et même dans ce cas, il sait bien que la houle violente continuera à le secouer jusqu'à la reprise de l'ouragan.Et dans sa vie privée, c'est encore pire. Sa copine vient de le larguer. Au boulot, on l'appelle Mao, l'histoire semble se passer dans les années 80. Mais il n'est pas « l'établi » de Robert Linhart, il ne travaille pas comme manoeuvre par conscience de classe, mais pour payer son loyer, et il met plus de résistance à son travail que de zèle. Au point de se faire foutre à la porte. Il engage alors un véritable road movie en compagnie de sa voisine, aussi paumée que lui qui les mène au bout du monde, au bout de la terre, au bord de la mer, là où plus aucune fuite n'est possible... Mais cette mer là n'est pas celle des plages estivales. Elle est froide et obscure et le voyage s'enfonce alors dans une fuite éperdue qui ne mène nulle part, une fuite sans but, une fuite sans espoir. Le narrateur ne sait plus où il va. Il va, tout simplement, comme un hobbo qui fait la route au fil des lignes de chemin de fer, puis à pied dans la poussière de routes solitaires...Ciel d'enfer, c'était le récit d'une descente aux enfers... Aussi, lorsque, près de vingt ans après, Luigi Zuccante me demanda de rédiger une préface à ce livre, je lui demandai pourquoi il publiait à nouveau cet ouvrage. En savait-il plus sur Peter Brank ? J'aurais aimé le rencontrer pour parler de son livre que je n'avais pas oublié malgré le temps passé. C'est alors qu'il me dit tout à trac que Peter Brank, c'était lui.

Patrick Lanneau

Ce matin-là, je m'étais levé avec un mal de crâne pas possible. J'avais la tête lourde. Lourde de pensées qui s'étaient faufilées dans tous les coins et que je n'arrivais plus à rassembler. Néanmoins (ou plutôt têtenmoins), je m'étais levé parce que quand je restais comme cela, la tête s'alourdissait encore plus et je devais la bouger de temps en temps pour lui éviter de s'affaisser. Je m'étais habillé et j'étais allé prendre une tasse de café. Je ne savais pas si ça me faisait du bien mais le fait est que je me cognais moins aux meubles. La salope. Je pensais à Anne. Cinq jours que j'attendais. Cinq nuits qu'elle ne s'était pas radinée. Je gueulais. Intérieurement bien sûr. À cause des voisins. Ils n'avaient pas à savoir. Ils auraient été trop heureux.

Je ne pouvais plus rester comme ça. Il fallait prendre une décision. Il n'y a que cela qui sauvait les gens : prendre des décisions. Agir. Faire n'importe quoi. Le problème, c'était qu'on n'était pas habitué et qu'on ne savait pas faire. Et dans mon cas, cela me semblait encore plus dur. Quand on avait vécu avec une nana pendant des années, il était difficile de faire comme si elle n'avait jamais eu d'existence, d'ignorer les marques de son passage. Elle m'avait façonné à l'image qu'elle s'était faite de moi. Je ne pouvais plus être moi-même.

On ne pouvait même pas repartir à zéro. D'ailleurs en soi, il n'y avait pas de zéro, même dans l'art. Sauf peut-être à l'école. Parce qu'ils n'avaient rien compris !

Je m'étais refait un café. Avec une vraie cafetière italienne. D'ailleurs, je n'avais que cela. Je possédais même une batterie de modèles : une tasse, deux tasses, trois tasses, quatre tasses. Et plus même. S'il le fallait. A la demande. Au gré des visites. J'utilisais le modèle idoine. Finalement, les objets s'adaptaient bien à notre style de vie. Normal, c'est nous qui les avions conçus et faits ainsi.

J'avais bu lentement. De toute façon, j'avais le temps : je n'embauchais qu'à sept heures et demie. Il n'était que six heures. Depuis qu'elle était partie, des réveils en sursauts et des cauchemars mal digérés ponctuaient toutes mes nuits. Je me levais souvent puis je me recouchais aussitôt. Fatigué de m'être levé.

A sept heures moins le quart, j'avais pris la bagnole. Une vieille Peugeot. Une 204. Pour son âge, elle se comportait encore assez bien. Pour aller au boulot, je prenais les petites ruelles. Cela n'allait pas plus vite mais il y avait plein de virages à prendre en pleine gueule. Ça, c'était pour me réveiller ! C'était ce qu'il me fallait le matin. Des petites sensations. Bien maîtrisées. C'était encore ce qu'il y avait de mieux pour se prémunir de la mort qui nous ankylosait insidieusement.

J'étais arrivé sur le chantier pratiquement à l'heure. On travaillait en déplacement dans une usine de pâte à papier. La production avait été arrêtée pendant un mois car il fallait refaire toute l'installation électrique. Tout était pourri. Archi pourri. Mais ça ne dérangeait personne jusqu'au moment où il y a trop d'accidents. Des mortels, je parle, de ceux où des mecs se sont faits péter la gueule. Les autres accidents, je ne savais même pas si on les prenait en considération.

L'usine était tout encombrée de machines. Il y en avait partout. A tous les étages. Des entre-prises extérieures en sous-traitance étaient ve-nues changer toutes les machines obsolètes. Il y avait des ouvriers dans tous les coins. Des types qui installaient les nouvelles machines, d'autres qui les essayaient, d'autres encore qui chan-geaient des poutres, tiraient des fils, transpor-taient des caisses. Tous en gueulant et en suant. Mais il y avait aussi tous les malins qui ne foutaient strictement rien, qui se baladaient, qui discutaient le coup avec les uns et les autres sans parler de ceux qui se planquaient derrière les machines quand ce n'était pas dessous, c'était mieux pour les longues durées. Pratiquement in-décelable.

Nous, ceux de notre équipe, on devait se contenter de changer tous les fils électriques. Le gros problème, c'était de les retrouver ces putains de fils. On passait partout. A ras des sols. Contre les plafonds sur les rails qui supportaient tous les câbles. Sous les machines. Partout où il devait y avoir des fils. On était comme de vrais cafards. Parfois, on se faisait écraser aussi mais on finissait toujours par retrouver ces foutus fils.

On me donnait tous les trucs chiants à faire. Jamais compliqués mais chiants. Ma grande qualité, c'était de ne savoir rien faire. C'était ce qui m'avait permis d'être embauché, sur cette base, grâce à ces incompétences. J'étais l'homme à tout faire de la boîte, ce qu'on appelait aussi sur les papiers le manœuvre. Si on avait besoin de moi, on m'appelait. Si on n'avait pas besoin de moi, on m'appelait aussi. Parfois, je répondais, parfois non, on ne pouvait être partout. J'appartenais à tout le monde mais ça me plaisait. Comme ça, je n'avais pas de tâches bien définies. C'était moins monotone. Je n'avais pas besoin de réfléchir non plus. Et en ce moment, ça m'arrangeait bien.

Quand il n'y avait vraiment rien à faire, on me mettait avec Pablo. Un vieil espagnol qui était là depuis longtemps et qui savait toujours ce qu'il fallait faire pour paraître occupé.

Ce matin-là, on m'avait mis avec lui car on ne savait pas trop encore quoi me faire faire. Alors Pablo m'avait fait pousser un touret à l'autre extrémité du chantier. Et puis, quand il était à l'autre bout, il m'avait demandé d'aller le rechercher.

Alors, tranquillement, je retraversais le chantier et je revenais avec le touret. Je le remettais à sa place. Mais il avait fallu quand même le pousser et lui impulser la bonne direction.

- Il faut touzours qué tou aies les mains occoupées sinon tout té féras virer ici ! Fa touzours semblant dé trabaillé. Sinon, ça fait mouvais genre. Après, i' croient qué tout té fous dé leur gueule.

Il me ressortait tout le temps la même rengaine.

C'était ainsi que tous les tourets visitaient le chantier. Je les baladais vides de préférence. C'était moins crevant. Et puis un touret avec du fil, il fallait le prendre dans le bon sens et, c'était déjà du plus compliqué.

Parfois, je devais aller aussi avec Manu, un autre espagnol. Un catalan en réalité. J'aimais bien travailler avec lui. Il ne faisait pas chier et ne cherchait pas à m'humilier comme la plupart des autres. En plus, il m'apprenait toujours des tas de trucs. C'était toujours lui qu'on venait chercher quand quelque chose n'allait pas. Il trouvait toujours une solution à tout. Dans l'équipe, c'était aussi le seul qui savait à peu près tout souder. Moi, je me contentais de lui passer les baguettes ou de le protéger avec un parapluie lorsqu'il pleuvait. Il valait trop cher pour se permettre de s'arrêter ou même de ralentir. Il faisait du non-stop quelles que soient les circonstances. Il faisait partie de l'équipe mais pas de la boîte. Il travaillait là en indépendant avec un contrat de sous-traitance. Donc, il avait un prix.

Chapitre II

J'étais arrivé sur le chantier. Ils m'atten-daient.

- Eh Mao, la nuit, il faut dormir !

Mao, c'était mon nom. Ils m'appelaient comme ça parce que je gueulais contre tout. Tout y passait, les patrons, la société, les bourges, les loyers, les commerçants, l'école, la télé, les jour-naux et j'en oubliais. Et puis, ça devait être la mode de cataloguer les gens. Ils avaient dû voir à la télé des maoïstes qui gueulaient et cassaient tout. Je n'étais pas un vrai casseur mais finale-ment je devais en être un. Sans le savoir. Je devais avoir en plus la gueule de l'emploi. Peut-être même les attitudes. Qui aurait pu dire ? Au début, je m'étais évertué à leur expliquer la différence entre un anarchiste et un maoïste mais pour eux, c'était du pareil au même. Et puis, je m'étais ha-bitué. Les étiquettes, ça ne concernait que ceux qui les mettaient.

Anar ou Mao, ça ne changeait rien. Anne n'était plus là. C'était vrai que j'avais appris à l'ai-mer. J'aimais bien me réveiller en pleine nuit et la sentir tout près de moi. Très lentement, je la ca-ressais. Sans la réveiller. Sinon, je risquais de me faire engueuler. Alors, j'y allais avec précaution et puis quand ses seins devenaient un peu plus durs, un peu plus fermes, je m'enfonçais en elle. Tout doucement. A ce moment précis, une fois sur deux, elle se réveillait. A moitié endormie, elle me serrait alors dans ses bras. Je savais que je pouvais aller jusqu'au bout. Je ne risquais plus de me faire jeter.

Elle était partie sur un coup de tête. J'avais cru qu'elle déconnait. Non. Pas du tout. D'ailleurs, c'était pas le genre ni à déconner. Mais d'habitude, quand on voulait jouer au grand départ, on se cachait toujours quelque part par là. Comme

Ça, ça se terminait toujours en parties de cache-cache. C'était largement suffisamment pour se faire de grosses angoisses.

Mais cette fois-là, cela ne s'était pas fait. J'avais fouillé partout. Dans tous les placards. J'avais regardé sous les meubles. Cherché dans toutes les pièces. Inspecté le jardin. Secoué les branches du tilleul. Rien. J'avais même jeté un coup d'œil dans le coffre de la bagnole. Et puis j'avais essayé de me rassurer. De me dire qu'elle avait dû partir chez une copine. Une copine bien à elle. Une de celles qui ne pouvait pas me sentir ; Du coup, j'étais allé me faire quelques spaghetti. Ça calmait le stress et ça faisait passer le temps. Le temps de les bouffer. Si j'avais pu, je les aurais attachés pour qu'ils fussent plus longs. Mais les spaghettis, ça ne s'attachaient pas. Du moins pas comme nous.

Le soir, j'avais reçu un coup de fil. C'était fini. C'était elle qui appelait. Fini, avait-elle crié. Nous, les mecs, on n'y croyait jamais à ce genre de trucs. Elle avait appelé de chez ses vieux. J'avais commencé à gueuler. J'aurais pas dû ça l'avait fait raccrocher. Pour de bon...

La liaison était rompue.

Cassée.

J'avais essayé de rappeler mais ça sonnait toujours occupé. J'aurais pu y aller. C'était à plusieurs centaines de bornes, loin dans l'arrière pays. C'était pas commode. Peut-être pas la meilleure solution non plus. Surtout avec ses vieux. Cons comme ils étaient, ils auraient appelé les flics. L'autorité publique. C'était pratique quand soi-même on n'avait plus d'autorité sur les autres. Je les voyais très bien :

- Vite, vite, la police ! Il y a un fou dangereux qui nous menace. Venez vite le chercher.

Il n'y avait que cela qui les sauvait. La sécurité armée. Le service de remise à l'ordre. Et puis, ils n'y comprenaient rien. Tous les fous étaient dangereux. Dangereux pour l'ordre établi. Pour la morale.

Pour une fois, j'avais chialé. J'en avais marre. Marre de tout cela. En fait, j'avais déjà chialé mais ça ne se racontait pas trop.

Ça cognait dur dans ma tête. C'était pas grave. Il n'y avait que moi qui prenais des coups.

Je m'étais mis à tourner en rond dans le jardin. Il n'y avait pas de lune ce jour-là. Drôle de nuit. Dans un ciel glacé. Complètement brisé.

Je m'étais foutu en boule dans le lit. Je n'avais pas trop dormi mais c'était pas à cause de cela. Ce qui faisait que ce matin-là, je m'étais réveillé avec une tronche pas possible. Je ne la voyais pas mais je la sentais de l'intérieur. D'ailleurs, c'était tout sombre. Tout noir. Pas la peine de regarder, je savais bien.

Je ne savais pas quoi j'allais pouvoir leur dire sur ce chantier de merde. De toute façon, une gueule, ça se voyait. Il n'y avait rien à expliquer. Un mec qui avait l'air con, on ne lui demandait jamais ce qu'il avait !

Chapitre III

Le chef était venu me voir et m'avait donné le boulot de la journée. Lui, au moins, il ne voulait rien savoir. Les états d'âme, il ne connaissait pas. Pour lui, ça devait être des états d'ânes. Pas d'Anne. D'âne. Il ne devait même pas savoir où ça se trouvait tout cela. Pour lui, il n'y avait qu'un Etat, français de surcroît. L'ignorance, c'était pratique. Cela avait de bons côtés. Ça évitait toujours de se mouiller. De se souiller aussi.

Enfin, présentement, si je ne lui faisais pas le travail ou si je le faisais mal, il pouvait gueuler. Me virer aussi. Sans aucun scrupule. En bonne conscience. Librement. Sans remords.

Parfois, il parlait de sa femme. Il avait le droit. C'était encore lui le chef. Il ne risquait pas de se virer lui-même... Sur le chantier, on se demandait tous comment elle pouvait être. Elle devait lui ressembler un peu. Grande et con. Si elle en avait un d'ailleurs. Des fois, quand ça le prenait, il nous faisait des sortes de déclarations publiques, très solennelles.

Ce jour-là, parce qu'un mec l'avait provoqué, il nous avait donné la sentence du jour. Théâtral, il avait attendu que nous soyons tous postés en demi-cercle devant lui pour nous parler :

- Oh les gars ! Il faudrait vous remuer un peu plus. Arrêtez de penser aux femmes. Vous baisez trop. Vous voyez bien que vous n'avez plus de rendement. Tenez ! Moi, avec ma femme par exemple, enfin avec Paulette je veux dire, je ne tire un coup que le samedi car après on a au moins le dimanche pour se reposer. Nous, on ne fait pas ça le dimanche sinon on est foutu pour la semaine. Et puis quand c'est l'été et qu'il fait chaud, on ne fait plus rien. Faut se ménager. Alors, vous avez compris, calmez-vous les gars ! C'est pas ça qui apportera du rendement. Ici, on n'a pas le temps de butiner. Y a du boulot.

A tous les coups, ça marchait. Il suffisait de le brancher sur Paulette pour qu'il nous en parle avec force détails. Et puis de nous voir fatigués, il croyait toujours que c'étaient les femmes qui nous crevaient. Pour lui, évidemment ça ne pouvait pas être le boulot. Il n'avait pas compris que c'était peut-être elles qui nous aidaient à vivre. Ce jour-là, on avait quand même pigé pourquoi il n'avait pas encore de gosse. De toute manière, c'était pas mon problème et je m'en foutais pas mal, à vrai dire. Pour tout dire aussi.

J'avais une armoire électrique à mettre en place c'est-à-dire à la remuer dans tous les sens pour qu'elle trouve sa place. Un parallélépipède d'au moins deux mètres de haut et de large, un peu moins en profondeur, avec plein de boutons d'acné de toutes les couleurs sur le devant, c'était ça une armoire électrique. A l'intérieur, il y avait des centaines de fils qui se reliaient et attachés par paquets. Un vrai engin à déplacer mais avec un peu de psychologie et doigté, on y arrivait. Fallait pas le bousculer mais lui parlait.

Ça tombait bien car j'avais pas envie de changer de tâche tous les quarts d'heure. Et déplacer une armoire, ça pouvait prendre une bonne partie de la journée voire plus. Je ne savais pas du tout comment j'allais la déplacer cette putain d'armoire. Elle devait peser au moins une centaine de kilos. Je décidai d'aller sur place et de réfléchir à ce qu'il y avait lieu de faire. En la regardant vivre, j'allais peut-être avoir des idées. Et puis, j'allais être à l'abri pour un petit moment car c'était pas un petit boulot. Avec ça, il m'avait gâté le chef !

L'armoire, on ne risquait pas de me la piquer. Elle était bien en place. Il y avait des mecs qui travaillaient à côté. Je ne savais pas trop ce qu'ils foutaient d'ailleurs. J'étais sûr même qu'ils ne foutaient rien du tout. Il suffisait de les regarder discuter. On se serait cru au café du coin ou plutôt dans un club très fermé d'un sous-sol irlandais, car ils ne discutaient jamais au grand jour mais toujours dans des recoins plus ou moins sombres. Tout ce que je savais, c'est qu'ils travaillaient pour une entreprise de la région parisienne.

Comme ils étaient là, je leur avais demandé de me donner une idée pour déplacer l'armoire. Selon eux, il fallait prendre des barres à mine et des tubes pour faire glisser l'armoire dessus. C'était ce qu'il y avait de mieux à leur avis. Ils me promirent de m'aider mais pas sur le moment.

- Si on te file un coup de main maintenant et si tu finis trop vite, aussi sec, ton chef te refile un autre boulot. Et puis un autre, Ca ne s'arrêtera jamais. Tu ne les connais pas. Alors te presse pas, on a tout le temps et puis ton armoire, on va lui bouger le cul, en moins de cinq minutes, ça sera fait, tu vas voir ça, mec !.

- On a déjà laissé tomber quelqu'un, les mecs ?

C'est celui qui parlait tout le temps, il s'adressait aux autres mais c'était pour me montrer leur grande disponibilité.

C'était vrai qu'ils avaient raison. Ici, il n'y avait jamais de répit. Donc, je m'étais baladé sur le chantier. J'avais rencontré mon chef. Je me sentis obligé de lui fournir des explications. Je lui racontai un peu comment je comptais m'y prendre et qu'actuellement, j'étais dans la phase non pas d'incubation mais d'intubation, c'est-à-dire que j'étais en train de chercher des tubes pour faire glisser l'armoire et que si tout se passait bien, je pourrais finir en milieu d'après-midi. Avec lui, je prenais un peu de marge, il valait mieux. Même j'aurais pu lui dire que je comptais finir le lendemain. En tout cas, je ne lui avais pas parlé des autres qui devaient m'aider.

J'en avais profité pour aller me reposer et dormir un peu. Mes nuits étaient tellement agitées que j'avais besoin de laisser reposer de temps en temps le bocal. J'avais trouvé une vieille chaudière où personne ne mettait les pieds. On devait la démonter mais on n'avait jamais eu le temps. Il y avait toujours eu quelque chose à faire entre temps. Quelque chose de plus urgent.

Pour y parvenir, il fallait un minimum d'acrobatie. C'était rassurant pour moi car ce n'était pas à la portée de tous mes chefs. Je m'étais mis dans un des tubes d'évacuation. Il était assez large et on y voyait le jour. Je m'étais allongé. J'avais dû récupérer un peu. Quand on était vraiment crevé, on arrivait à dormir un peu. Juste le temps de faire un petit rêve, vite fait bien fait. Mais après, le sommeil redevenait plus léger et on entendait trop de bordel. Ça résonnait de partout. Même dans la tête.

Surtout aujourd'hui. J'avais aussi le cœur tout mou comme de l'ouate imbibée d'eau. C'était bizarre. Surtout dans ce tube. Je devais être dans un flacon. Peut-être que l'on pouvait mettre toute notre vie dans un flacon, enfermer tous nos souvenirs, bien refermer et poser le tout sur une étagère avec une étiquette précisant les dates concernées. Avec une belle étiquette :

Mao

Souvenirs du 13 mai 1986 au 21 juin 2012

Ne pas déboucher

En cas d'amnésie demander conseil à son médecin

Date de péremption : 13 mai 2036

J'avais eu quand même le temps de récupérer un peu avant que Paulo vienne me faire chier. J'avais entendu du bruit et je m'étais levé aussitôt, prêt à m'enfoncer dans la chaudière. On ne dormait vraiment pas bien dans ces trucs. Il fallait toujours être à l'affût, même quand on faisait une simple sieste. Heureusement que dans la tête, on avait une sonnerie qui retentissait dès qu'il y avait un truc anormal, un truc bizarre. Fallait voir comment ça fonctionnait... Pareil le matin, quand on n'entendait pas le réveil. On sentait le danger et on se réveillait quand même.

- Alors, Mao, on se fait bronzer ! Va au soleil, ça dure plus longtemps...

Il avait envie de discuter, Paulo. Pas moi.

- Si tu veux la place, je te la laisse. Moi, je me tire, j'ai du boulot aujourd'hui.

Avec lui, on se refilait les bonnes planques. En usine, on était toujours en cavale car il y avait toujours des enfoirés qui étaient jaloux, et qui dirigeaient, discrètement, un con de chef dans la zone où justement on se planquait. Alors, on changeait souvent de coin. On en repérait. On les essayait.

J'avais envie de parler, de me confier. Mais pas avec Paulo. C'était pas de ma faute s'il ne comprenait rien aux gonzesses. Et puis, ça lui aurait trop fait plaisir de voir un mec se faire jeter par une nana. Pour lui, c'était clair et net. Salopes elles l'étaient, et salopes elles le resteraient. En partant de ce principe, on ne risquait pas de se planter. J'étais persuadé que ça le faisait chier de voir des gens vivre leur vie. Lui, il était toujours chez ses vieux. Comme ça, il n'avait pas de problèmes. Ils devaient encore lui choisir ses fréquentations, le vanter auprès des filles, lui faire sa pub. Mais par peur des vioques, il ne les ramenait pas à la maison. C'était comme les poux, ça pouvait s'installer dans la famille ! Ils n'avaient jamais dû faire la différence entre les poux et l'épouse. Même cette vanne un peu conne, il ne l'aurait jamais comprise. C'était pour dire le niveau.

J'étais reparti vers l'armoire. Il y avait un mec qui traînait par là. Première fois que je le voyais. D'un coup d'œil, il m'avait repéré et il me fit la révélation de sa vie :

- Tu ressembles à Jésus-Christ, toi !

- Qui ? Moi ? !!!

- Oui, toi.

- Ah, ouais...

- C'est à cause de la barbe.

- Ouais, sûrement.

Ça faisait une semaine que je ne m'étais pas rasé. J'avais pas envie de me retrouver complètement balafré. Les balafres, y en avait déjà assez au cœur ; ça suffisait comme ça. Ça faisait gueuler tout le monde ici car j'avais une tronche de mec pas rangé. Peut-être de mec dérangé, qui savait ? D'habitude, je le faisais exprès. Mais en ce moment, c'était pas du composé.

- Mais tu l'as déjà vu Jésus-Christ ? Je lui dis comme ça, sur un ton faussement intéressé.

- Non, pas en vrai. Mais, une fois, je l'ai vu à la télé.

- Oh putain ! Elle doit être bonne, ta télé. Il faudra que tu me la prêtes un de ces jours parce que la mienne, j'ai beau la tourner dans tous les sens, je n'ai jamais eu d'apparition de ce type ! C'est quand même un miracle que toi, tu y arrives ! Tu devrais écrire à la télé pour leur signaler.

Vraiment, on aurait cru que je les avais attirés ce jour-là. Je m'étais esquivé avant qu'il me fit une demande d'absolution et qu'un autre con vînt m'emmerder.

C'est ainsi que je partis à la recherche des types qui voulaient m'aider à installer l'armoire. Ils étaient en train de discuter coincés contre le plafond. Au-dessus de moi. Assis à califourchon sur des poutres métalliques. Ils avaient de cette manière une vue sur tout ce qui se passait au niveau inférieur. De temps à autre, ils balançaient une plaisanterie quand ce n'était pas un boulon. Le problème était que cela n'avait pas le même effet lorsqu'on le recevait sur la gueule.

Ils avaient été embauchés pour refaire la toiture de l'usine.

- Alors, ton armoire électrique, tu l'as déplacée ?

- Non, elle est peut-être électrique et sympathique mais pas encore mobile. Il faut que je la pousse sinon elle n'avance pas. Et encore même avec cela, elle ne me comprend pas. Si vous pouviez lui dire un mot, ça m'arrangerait bien !

J'avais pas trop envie de discuter car si on ouvrait la gueule en regardant en l'air, il y avait toujours un tas de poussières qui s'engouffrait dans la cavité buccale. Après, il fallait cracher un bon moment pour se débarrasser de toutes ces saloperies.

- T'en fais pas, on va te la bouger, ton armoire. Tu vas voir qu'elle va sauter plus vite qu'une kangourou surpris par son mâle. Bouge pas, on descend.

Celui qui venait de parler s'adressa aux autres pour qu'ils viennent m'aider. Il s'appelait

Camillo.

En moins de dix minutes, ils avaient pu caler l'armoire. Rien qu'à la force des bras. Costauds, sans en avoir l'air. Je leur avais demandé pour quelle boîte ils travaillaient précisément. L'un d'eux se mit à rire pour se foutre de ma gueule.

- Ma boîte ? C'est la Justice. On bosse tous pour elle. Pour faire nos preuves. On est en liberté surveillée. Ça se voit pas ? Moi, j'ai fait quatre ans de taule. Après tu sais plus si ta femme est là ou pas. Et sur les toits, personne veut y aller, alors c'est pour notre gueule. T'as pigé ? En tout cas, n'oublie pas de me mettre de côté deux cents mètres de fils électriques. Du 2,5 et du 3,5. C'est pour un pote. Surtout penses-y ! Il est en train de construire sa baraque et il a encore toute l'électricité à faire. Je te dis pas tout ce qu'il lui faut. La semaine dernière, on lui a ramené du cuivre. Le plastique pour la tuyauterie, il en voulait pas. Et puis, nous, quand on pique, c'est du neuf. L'occase, c'est pas notre truc. Ça marche jamais. T'as déjà essayé de piquer une vieille bagnole ? Eh bien, je vais te dire, ça tombe toujours en panne. Les mecs, ils n'ont plus le sens de l'entretien. Quand tu chourres, te fais pas chier avec des vieux trucs, avec de l'occase. Mon pote, lui, il est toujours en taule, il a piqué un magnétoscope. Eh bien, son truc, il a jamais marché. Une vraie merde. Il a failli aller le ramener au mec et le lui faire bouffer. Faut pas croire, on prend des risques. Bon, pour le moment, les risques c'est sur le toit. Remarque ça fait prendre l'air et puis on voit du monde. C'est ça la promotion. Et puis de se retrouver à une position élevée, ça change un peu. Pour une fois !

Le mec m'avait pris à la bonne et il me racontait sa vie. C'est vrai qu'il avait l'air sympa. Plus que la normale. Le genre de mec qui inspirait confiance. Sur qui on semblait pouvoir compter. Il ne faisait pas du tout taulard. Peut-être parce qu'il avait l'air spontané, peut-être parce qu'il se livrait ainsi. Comme quoi la vie était parfois bizarre.

Ils m'avaient laissé là et étaient remontés sur les poutres. L'autre ne m'avait même pas dit où je devais lui foutre ses deux bobines de fils. Ici, il fallait toujours piquer. Et tout le monde le faisait. C'était pas un truc spécial aux taulards. Et puis, pour une fois, c'était pas pour le mec lui-même. Il piquait pour les potes. Ça partait d'un bon sentiment. On pouvait rien dire.

C'était toujours comme ça, sur les chantiers, il fallait toujours rendre service qu'on le veuille ou non. Et puis ça entretenait les bonnes relations. On se faisait moins chier au boulot. Sinon, c'était l'enfer. D'abord, sans coup de main, on ne pouvait rien foutre. Et puis après parce que si on ne rendait pas service, les mecs se vengeaient. Parfois lourdement. Par exemple, si on demandait le marteau, au lieu de le passer de la main à la main, ils l'envoyaient. Sur la tête bien sûr. A nous de rattraper. Il valait mieux faire un saut sur le côté. On voulait enfiler son bleu, il était tout trempe. On nous demandait de soutenir un paquet de câbles en l'air mais on ne nous disait pas quand on pouvait relâcher. C'était plein de dangers pour celui qui oubliait d'être sociable. Heureusement, on apprenait vite à se comporter en groupe.

Je regardais l'armoire. A sa nouvelle place. Bien installée. Pour moi, le boulot était fini. Je partis à la recherche du chef. Avant, j'avais mis un peu d'eau sur la mousse à l'intérieur de mon casque. Histoire de lui montrer que j'avais travaillé dur. J'avais appuyé légèrement sur le casque. Hop, quelques gouttes d'eau s'étaient échappées de cette fontaine improvisée. Elles s'étaient effondrées de fatigue et maintenant, elles se reposaient sur mon front et mes tempes. Y avait pas à dire, ça faisait de l'effet ! Ça plaisait au chef, toute cette sueur dégoulinante. Il me voyait transpirer à grosses gouttes. À petites gouttes aussi. Il suffisait de maîtriser la pression en appuyant légèrement sur le casque. Du coup, satisfait, il m'avait félicité :

- C'est bien ! C'est très bien, Mao !

Il avait été quand même surpris que j'aie pu installer l'armoire aussi vite. J'eus l'impression qu'il avait pensé m'occuper pour la journée. C'était raté. C'était con. Si j'avais pu prévoir, j'aurais fait traîner un peu plus. J'avais encore eu droit au «C'est bien ! C'est très bien, Mao !» Il se répétait. Normal. Nous étions deux. Lui et moi.

Je passai le reste de cette journée avec Blanco pour démonter un moteur électrique. On avait eu du mal car les boulons s'étaient grippés. Les boulons, on les soignait avec du gas-oil. Cela avait marché à moitié. Pour l'autre moitié, on avait scié les boulons à la meule. Il faudrait quand même les retarauder. J'étais sûr que Blanco l'avait fait exprès. C'était le mec qui aimait les trucs compliqués. En plus, il était resté assis devant le moteur, et moi je lui passais les outils. Comme une infirmière avec son chirurgien. Je lui avais aussi allumé une clope. Je lui avais passé les boulons. Ils n'allaient pas. Ils étaient foirés. Je lui en avais passé d'autres. Entre deux pas de vis, on discutait. Enfin, il parlait et moi j'étais censé écouter. Comme ça, ça tournait rond. A part les boulons, tout était normal.

Chapitre V

Le soir, en quittant le boulot, on était allés boire un coup. Il y avait toute la clique. En fin de semaine, c'était rituel. On n'y échappait pas. On allait toujours au même bistrot. Là où il y avait des serveuses à la hauteur. A la hauteur des mains bien sûr. Pas des miennes. Les miennes étaient toujours restées sur le corps d'Anne. Ça ne m'avait jamais quitté. Anne, c'était le prolongement de mon corps. La projection de mes pensées aussi. Un vrai cinoche.

Pourtant ici, il y avait une serveuse qui était sympa. Style étudiante qui s'arrondissait les fins de semaine en venant travailler dans ce bistrot. J'avais envie de lui parler. Avec les pastis, c'était plutôt difficile. J'aimais pas trop ce genre d'apéro mais en bande, on n'avait que le choix de la couleur : vert ou rouge. Entre le perroquet et la tomate, les choix restaient somme toute limités. Chacun payait sa tournée puis on recommençait. J'avais commencé à avoir mal au cœur pour de bon. Les autres essayaient de tripoter la serveuse. Mais c'était une bonne slalomeuse et elle se débrouillait bien pour éviter les obstacles et faire du hors piste. Le patron la surveillait du coin de l'œil. Au cas où elle se serait trop éloignée des obstacles. Avec la serveuse, on s'était regardés. Elle avait vu que j'étais pas bien. J'aurais voulu être seul avec elle. Mais là, avec tous les autres, c'était pas possible. Une autre fois sûrement. Mais peut-être que j'aurais plus envie non plus.

J'avais repris la bagnole. Avec une grosse envie de dégueuler. Pour aller plus vite, j'avais appuyé sur le champignon. Ça avait eu l'effet de refouler l'alcool en arrière. J'étais tranquille encore pour quelques minutes. La bagnole s'était mise en tout terrain. Je distinguais vaguement des formes. Pas à cause de la nuit. A cause du brouillard qui s'était levé des verres. J'avais dû en avaler une dizaine. Peut-être plus. Il me semblait que le plus sage était encore de longer les murs. Au moins, on avait des repères solides, du stable. On pouvait compter dessus. J'avais quand même failli me payer une boîte aux lettres. Je ne savais pas ce qu'elle foutait là. Je savais que le jaune était une couleur qui rapprochait. C'était peut-être pour cela que je m'étais retrouvé contre la boîte. En tout cas, ça m'avait donné une idée. Celle de lui écrire. Pas à la boîte. A Anne.

La nausée m'avait repris et la voiture s'était mise dans tous ses états. Heureusement, j'étais arrivé à la maison sans rencontrer d'autres boîtes aux lettres. Il y avait bien eu une autre cabine téléphonique. Mais elle avait déjà été pétée. Du coup, elle m'avait laissé passer. De toute façon, enfoncer des portes ouvertes ça aurait été moins marrant. Mais peut-être qu'il y aurait eu quelque chose d'intéressant à faire de ce côté ?

En arrivant, je m'étais mis à chercher du papier. Quand je l'eus trouvé, je n'arrivais plus à mettre la main sur un stylo. Enfin, j'avais réussi à tout rassembler. Mais je ne parvenais pas à écrire. Les lignes s'étaient mises à jouer à saute-mouton. Puis, ça avait été le tour des mots. Eux, ils avaient joué aux cons. Elle n'aurait rien compris. Comment reconnaître un mot d'un autre quand ils s'emmêlaient tous ? Ça faisait vraiment désordre. On ne savait plus dans quel ordre il fallait les lire. Anne, je la connaissais, elle était capable de les lire à l'envers. De leur trouver un sens là où il n'y en avait pas. Rien que pour me contrecarrer. Rien que pour me faire chier. C'était vrai, parfois on était comme les mots que l'on écrivait. A moins que ce ne soient les mots qui s'inscrivaient à notre image. Quand je n'avais pas envie de parler à Anne, je me mélangeais à elle. Je la prenais dans mes bras et je foutais mon corps dans le sien. Finalement, ça faisait désordre aussi mais ça ne prenait pas que la tête.

J'avais laissé tomber et j'étais allé dans le jardin. Pas pour la lune. Pour dégueuler. D'ailleurs, je n'y étais pas arrivé tout de suite. J'avais dû me forcer. Pourtant, j'avais tellement pissé qu'il ne devait plus rester d'alcool. D'habitude, je me soignais les plaies avec ça. Je voulais dire avec de la pisse. C'était un truc de mon père encore.

Toujours ses traitements nature. Mais ça marchait bien. Sauf que ça piquait pas mal. Une fois, je m'étais étalé en vélo et j'avais plein de sang partout. Il m'avait fait pisser et j'avais dû étendre l'urine sur toutes les plaies. Trois jours après, je n'avais plus d'égratignures. Comme quoi, il y avait toujours des remèdes à portée de main.

Mais ce soir ça n'avait rien soigné du tout. Je me sentais encore tout coton. Ça aurait dû marcher pourtant.

J'avais tenté d'aller me coucher. Tout habillé. Tout transi aussi. J'avais toujours froid. Il paraît qu'on oubliait le froid quand on n'y pensait pas. Mais j'avais essayé et ça m'avait donné un mal de tronche pas possible. Qu'est-ce qu'elle prenait, la tête, en ce moment !

Je m'étais levé pour me regarder dans la glace. Par curiosité. Apparemment, ma gueule n'avait pas trop bougé. J'avais tout de suite compris. On croyait que c'était la tête. Mais c'était plus profond. La perte des illusions, ça commençait par le miroir. J'avais essayé de me regarder le cœur. Je ne voyais rien du tout. Mais je l'entendais. Pas de doute possible. Ça cognait dur. A mon avis, il était toujours là.

Je m'étais affalé sur le divan. J'avais dû m'endormir un peu. Et puis, je m'étais réveillé. Trois heures. Du matin, bien sûr. J'avais sorti les photos des tiroirs. Je l'avais regardée. On y était tous les deux. Le ciel me semblait de trop sur la photo. Trop beau. Et la vague. Elle frimait d'insolence. Le sable de la plage, tout sensuel, était encore plus chiant. Et puis tout s'était brouillé. J'avais tout déchiré et je m'étais foutu au lit. Décidé à en finir. Pas avec la vie. Avec tout ça. Mais peut-être que tout était lié. Irrémédiablement. Connement.

Chapitre VI

Le lendemain matin, ça allait un peu mieux. Peut-être parce que c'était dimanche et qu'on ne bossait pas ce jour-là. J'avais envie de partir. A l'intérieur, ça faisait encore bizarre. Je me suis senti tout cramé. J'avais pris un café. Ça m'avait fait du bien. Puis j'avais pris la bagnole. Ça faisait partie du petit déjeuner. Ça m'avait fait encore plus de bien. Rien de tel pour émerger.

Au coin de la rue, il y avait une nana qui faisait du stop. Emmitouflée dans son écharpe et son bonnet en laine, je n'avais vu qu'un bout de nez tout rose qui dépassait. La bagnole s'était arrêtée toute seule. Pour la fille. D'ailleurs, celle-ci avait compris car elle était montée. Elle voulait aller en ville. La fille. La voiture aussi. Ça tombait bien pour moi. Pour une fois, tout le monde était d'accord. J'avais été drôlement surpris d'apprendre qu'elle habitait à deux pas de chez moi. C'était bizarre parce que je ne l'avais jamais vue. Même pas aperçue. Peut-être parce que je n'avais qu'Anne dans les yeux. Comme quoi, une fille pouvait cacher toutes les autres. C'était comme les trains. Je ne m'étais jamais vraiment intéressé aux gens qui habitaient dans ma rue. En tout cas, elle avait l'air marrante avec son petit bout de nez retroussé. Intimidante aussi. Mais là ce n'était pas de sa faute. J'avais laissé la voiture filer à son rythme. On avait parlé un peu le temps du trajet. De la pluie. Du beau temps aussi. De ses études. D'Anne mais très peu. J'avais pas trop envie d'en parler. Du moins pour l'instant. J'avais dit que j'étais plus ou moins seul. Mais elle ne connaissait personne dans le quartier. D'ailleurs, elle n'était jamais là. C'est ce qu'elle m'avait dit. On avait discuté aussi des lignes de bus. Mais pas des lignes de la main. C'était pas le sujet du jour. En fait, on avait parlé pour rien dire. Juste manière de vérifier qu'on vivait dans le même monde, qu'on partageait les mêmes références. Voilà. Puis juste avant de descendre, elle m'avait invité à venir la voir quand je voulais. Quand j'en aurais envie. Du moins quand elle y était car elle n'était pas souvent chez elle. J'avais eu envie de l'embrasser mais je m'étais retenu. On avait parfois des réflexes qui venaient d'on ne savait où. Je me foutais un peu du baiser mais je voulais garder une trace, inscrire quelque chose sur mon corps. Juste une petite empreinte. Sans plus. J'avais oublié de lui demander son nom. Heureusement, j'avais compris où elle habitait. C'était juste à côté. Ca ne serait pas trop difficile pour la retrouver.

La bagnole avait fait demi-tour. Nous étions partis vers la campagne. La tire et moi, bien sûr. Il ne faisait pas très beau mais j'avais envie de me promener. On était allés du côté du fleuve et on s'était arrêtés pour pêcher. J'avais toujours une canne dans la voiture. Avec des mouches artificielles. C'était moins dégueulasse. Ça salissait moins. D'ailleurs, je n'avais jamais d'asticots ou de vers de terre sur moi. Et puis, je n'aimais pas triturer ces bestioles. ÇÇa collait aux mains et on s'en foutait partout.

Mais j'avais rien attrapé. C'était sûrement pas l'heure de donner à manger aux poissons. Même des mouches sophistiquées, ils n'en voulaient pas. Pourtant, nous on bouffait bien des trucs insipides et dégueulasses. Finalement, les poissons possédaient sûrement un art de vivre que nous ignorions. La vie dans l'eau, c'était peut-être mieux. C'était vrai que sur terre, c'était pas pareil. C'était bourré de problèmes. On savait jamais comment faire. Pourtant on nageait aussi. Dans toutes les emmerdes. Comme le courant était plus fort, on coulait. Le poisson, lui, il pouvait passer d'une berge à l'autre. Il pouvait même rester au milieu. Ou au fond. S'il voulait, bien sûr. Mais le plus difficile pour nous, c'était de quitter la rive. Ce n'était de partir. Ce n'était pas d'arriver. Ou encore de remonter à la surface quand on se trouvait au fond. Tout au fond.

C'était toujours pareil, quand j'allais à la pêche, je suivais toujours le fil de mes pensées. Mais au moins, ça me reposait. On se laissait aller. Anne trouvait ça con, la pêche. Elle ne comprenait pas que ma ligne ait autant de démêlés avec les arbres et les gardes-pêche. Pourtant, je prenais toujours mes distances. Mais, ça n'y faisait rien. Il y avait toujours des emmerdeurs partout. Surtout quand il y avait un arbre. Ils s'en servaient pour se dissimuler. C'était l'arbre qui cachait les cons.

Finalement, il avait commencé à se faire tard. J'avais faim. On avait repris le chemin du retour. Moi et la voiture.

Chapitre VII

J'avais retrouvé les spaghettis. Intacts. Je voulais dire encore entiers. Il y avait des gens qui s'amusaient à les casser. Ils le faisaient même chez moi quand je les invitais. C'était plus des spaghettis. La seule fois où je les avais cassés, c'était quand je les avais fabriqués et que je les avais séchés au-dessus du poêle à charbon. Ils avaient séché trop vite et ils s'étaient cassés. Le matin, je les avais tous retrouvés par terre. J'avais dû changer le menu et faire du minestrone avec les restes. Finalement, ce n'était pas mauvais.

Mais là ce jour-là, je les avais fait cuire al dente. En souvenir de Béatrice. Celle de Dante bien sûr. Parce que sinon, je ne connaissais pas de Béatrice. Pas encore du moins.

Il avait fallu que je fasse une sauce. C'était encore plus compliqué que la cuisson car si on ne surveillait pas bien, on retrouvait les murs colorés de petites touches de tomate sur fond blanc ou jaune. Ça dépendait de l'endroit où ça atterrissait. Mais avec un peu d'habitude, on arrivait à circonscrire les projections et même à faire du Pollock sans trop se forcer. C'était pas de l'art pop mais presque.

Enfin, les spaghettis étaient prêts, la sauce aussi. Il ne manquait plus que le parmesan.

Heureusement, il y en avait toujours un stock quelque part dans la maison. Moi, je n'aimais pas trop. Mais il fallait penser à l'invitée. Sans me le dire, j'avais décidé de faire venir la voisine. Des fois, ça arrivait. On prenait des décisions de manière instinctive. On en prenait conscience seulement après coup. Quand on savait qu'on ne pouvait plus reculer. Ce qui arrangeait tout le monde.

J'avais recouvert le plat avec une assiette creuse pour le maintenir au chaud et j'étais parti la chercher chez elle. J'avais trouvé facilement. J'avais eu de la chance car elle venait de rentrer. J'avais pas osé franchir le pas de sa porte et rentrer dans son appartement car une fois dedans, je n'en ressortais plus. Je lui avais proposé de venir goûter ma cuisine. Les spaghettis n'attendaient plus qu'elle. Pas farouche du tout, elle m'avait suivi sans aucune hésitation et nous nous étions retrouvés à manger des pâtes dans ma cuisine. Epatée, elle l'était. J'avais même rajouté un peu de vin et une dose discrète de parmesan pour être complet. Même à la pêche, le parmesan avec les poissons, ça marchait. Je le mélangeais avec de la mie de pain. Avec elle, je n'avais pas eu à le cacher. J'avais saupoudré tout le plat avec. Ça se voyait bien A la fin du repas, on était un peu cassés. C'était normal. Déjà, j'étais crevé avant tout cela. En plus, j'avais un peu bu et avec sa présence, ça avait fait un sacré mélange. Vu de son côté, apparemment, ça allait. Elle devait avoir l'habitude de boire. Mais peut-être pas de manger autant de spaghettis d'un coup. On s'était allongés sur la moquette. Juste pour récupérer un peu. Pour remettre les spaghettis à l'horizontale. Les laisser se reposer aussi.

J'avais sorti les digestifs fabrication maison, c'est-à-dire à base d'alcool et de plantes ramassées par ci, par là. J'aimais bien faire des essais. C'était pas terrible mais ça avait meilleur goût que le parmesan et puis ça s'avalait d'un seul coup. On souffrait moins longtemps.

On avait beaucoup parlé mais j'avais eu du mal à suivre sa conversation. Et dans la mienne, inutile d'en parler, je m'empêtrais encore plus. Je pouvais pas tout faire : regarder la fille, l'écouter et lui parler en même temps. J'avais dû baratiner aussi mais de ce côté, l'amnésie me protégeait. Une sorte d'immunité parlementaire. Je ne me souvenais jamais de ce que j'avais dit quand j'étais dans cet état. Comme ça, je pouvais continuer. Mais j'avais dû sûrement me répéter. Comme un pro de la communication.

Finalement, on s'était presque endormis. L'un à côté de l'autre.

A un moment donné, j'étais sorti de ma torpeur. J'avais vu la fille. La voisine pour tout dire. Ça ne m'avait pas surpris. Du coup, je lui avais demandé si je pouvais l'embrasser. Elle avait dit non. Alors, je n'avais pas insisté. Je l'avais embrassée quand même. Sans lui demander. C'était plus simple. Et puis comme ça, ça ne lui posait pas de problème de conscience. Forcément à des questions connes, on répondait toujours n'importe quoi. Et puis, parfois, il n'y avait pas de place pour les mots. Surtout s'ils étaient en retard.

Enfin, tout le monde s'en était trouvé bien. On pouvait pas se plaindre. On y avait même pris goût.

Il se faisait tard et je lui avais dit de dormir là. Avec moi bien sûr. Sur le lit. Côte à côte. Ça risquait rien. Je n'avais pas vraiment envie de faire l'amour. J'avais envie de m'endormir contre elle. Contre sa peau. C'est là qu'elle m'avait dévisagé. Sans rien voir. En fait, elle s'était regardée dans mes pensées. Mais, il devait y faire drôlement noir car elle a eu l'air de ne rien y comprendre. Un air d'étonnement en prime. Ou de résignation. Je ne savais pas trop. Néanmoins, elle m'avait suivi et nous nous étions étendus sur le lit. On avait dormi un peu. On avait parlé un peu plus. L'alcool s'était dissipé et on s'était mieux compris.

Finalement, on n'avait pas trop fait l'amour. Parce qu'il aurait fallu se déshabiller et qu'il faisait froid. Partout. Même dans nos corps. Elle m'avait posé plein de questions. Sur ma vie. Sur mon cœur. Sur mes lèvres. J'avais tout sorti. La totale. C'était toujours comme ça avec les filles. On parlait toujours sans s'en rendre compte. Et puis, il y avait un moment où on n'avait plus rien à dire. Un moment où on se protégeait par un silence d'ouate. De quoi amortir l'écho de ses propres maux. J'avais faufilé ma tête dans le creux de son épaule. Pour ne plus voir. Pour ne plus me voir dans ses yeux. Pour ne plus avoir l'écho des souvenirs. C'était triste finalement.

Je ne savais toujours pas comment elle s'appelait. On s'était quand même endormis pour de bon. Dans l'anonymat de nos rêves.

Le matin, quand je m'étais réveillé, elle n'était plus là. Elle avait disparu.

Un rayon de soleil avait essayé de s'infiltrer dans la chambre en passant sous la porte. En catimini. Pas de chance car il s'était cogné dans mes chaussures et ça l'avait empêché d'aller plus loin. Je m'étais levé et je lui avais ouvert la porte. J'avais pris le soleil en pleine gueule. Ça m'avait un peu assommé. Juste ce qu'il fallait. Je m'étais retranché dans la cuisine. Il y avait encore les assiettes. Toutes rouges de la veille. Il restait aussi du vin. Pas trop quand même. Pour faire un peu de ménage et faire le vide, j'avais fini le fond de la bouteille. C'était un peu âcre. Et puis, j'aperçus la feuille. A moitié déchirée. Avec quelques mots.

«Merci pour la bouffe.

Je t'attends ce soir.

Mélodie.»

Voilà, au moins j'étais renseigné sur le prénom. C'était déjà quelque chose. Un nom assorti d'un oui. En quelque sorte.

Chapitre VIII

Le lendemain, j'étais arrivé au travail avec un peu d'avance. J'étais pressé de finir la journée. Alors, je l'avais commencée un peu plus tôt. Mais j'avais remarqué que ça n'avait rien changé à rien. La journée ne s'était pas terminée plus vite. Au contraire. C'était même un peu plus long. A force d'attendre.

J'avais enfilé mon bleu de travail. D'ailleurs il était devenu tout noir de crasse à force de traîner dans tous les coins. Je n'avais pas encore eu le temps de le laver avec toutes ces histoires. Et puis, je n'avais jamais vraiment appris à me servir de la machine à laver. Mais ce n'était pas une raison pour se laisser aller. Ma combinaison qui en était à son troisième jour avait pris l'air d'une ecchymose en pleine maturité.

Le chef était venu me donner le travail de la matinée. J'avais eu plein de ferrailles à couper. D'habitude, je faisais ça à la meule mais ça faisait plein d'étincelles et on en recevait plein la gueule. C'était pire que les éclats de soleil, ça blessait pour de bon et ça laissait plein de marques. Dans les yeux. Dans le bleu. Partout. Et puis de toute façon, je n'aimais pas trop la meule. Ça vibrait de partout et j'avais toujours l'impression que je devenais épileptique ou que la meule allait s'envoler de mes mains pour atterrir sur mes jambes.

J'avais déjà eu une paire de godasses qui avait morflé. J'avais compris et je n'avais pas eu envie du tout de recommencer ça. Alors, j'avais pris la scie à métaux. C'était plus reposant et ça occupait plus longtemps. On avait le temps de voir.

J'avais rencontré mon apôtre. Il traînait du côté de notre atelier. Il m'avait demandé si ça allait. On avait discuté le coup cinq minutes. J'avais répondu à ses questions métaphysiques. Il en avait plein. Pour moi, il devait être en période d'instruction. Il avait voulu savoir si je regardais la télé le soir. Je lui avais répondu qu'avec les nanas, on n'avait jamais le temps. J'avais dit n'importe quoi mais ça ne l'avait pas arrêté pour autant.

- Tu es marié ? me demanda-t-il idiotement.

- Non, pas spécialement. Je suis avec une fille depuis pas mal de temps. Pourquoi ? Ça t'intéresse ?

- Non. Pas du tout.

- Alors, qu'est-ce que tu veux ?

J'avais évité d'entrer dans les détails. Avec lui, il fallait du simple. Du pas trop compliqué. Il fallait y aller progressivement. Sinon sa tête éclatait. J'avais pas envie de voir des morceaux partout. C'était dégueulasse.

- Tu vis avec ?

- Eh ben ouais.

- Mais ton chef, il le sait ?

- Sûrement... Mais c'est vrai que je ne lui envoie pas de faire-part à chaque fois que je change de situation. On ne lui a pas encore donné les formulaires pour ça. Tu comprends ? Et puis des fois, c'est lui qui me fournit. Comme ça, il sait que je bosse mieux. Si tu en veux une, tu n'as qu'à te faire embaucher chez nous. Tu verras, il t'en filera une sur mesure. Tu chausses du combien ? Il a peut-être ta taille.

Finalement, il s'était tiré sans me donner sa pointure. Tant pis pour lui.

J'avais continué à scier. Calmement. J'aimais bien. Une fois que le geste était trouvé, on se laissait guider. Et puis, ici, dans ce baraquement avec ce boulot, on n'avait pas besoin de casque. Il n'y avait rien de plus chiant qu'un casque sur une tête toute lourde. Ça la rendait encore plus pesante. En plus, avec un truc pareil sur la tête, on n'y voyait rien. Il fallait toujours lever la tête pour voir si quelque chose n'était pas en train de nous tomber dessus. Mais si on regardait en l'air, on trébuchait sur une planche qui traînait ou sur un bout de ferraille et forcément on se ramassait une gamelle. Heureusement, on s'habituait. D'ailleurs, ce qui devenait con, c'était que l'on s'habituait à tout. Même aux bordels qui nous foutaient dans la merde.

Chapitre IX

A midi, on était partis au resto. On avait pris la camionnette et on était tous montés là-dedans. C'était bourré de gens. Le resto, bien sûr, pas la camionnette. J'avais mangé en face de Pablo et de Bacou. Pour une fois, je n'avais pas voulu de vin. Je voulais encore y voir. Mais je m'étais fait traiter de gonzesse. Je devais avoir des cons à ma table. Tina, la petite serveuse s'y était mise aussi. Elle était plus macho que les mecs. C'était d'ailleurs ce qui faisait marcher le restaurant. Alors, elle se privait pas. Elle devait être payée au nombre d'attouchements. Je revoyais Anne. Puis Mélodie. Non, c'était Tina qui me regardait et me parlait. Pourtant, il n'y en avait aucune qui se ressemblait. Nous, les mecs, on voulait toujours comprendrc. Mais souvent, il n'y avait rien à comprendre… J'avais fini mes frites. Pablo parlait boulot. C'était à peine si je l'entendais. J'aimais bien le son de sa voix. Je savais en tout cas qu'il n'était pas encore l'heure de reprendre. Viendrait le moment où il se tairait et commencerait à s'agiter. Il faudrait alors y aller. Reprendre la camionnette. Remettre le bleu. Se remettre au boulot.

Je passais l'après-midi à me balader. J'avais eu des trous à percer au plafond. Là-haut, entre les tuyaux et les fils, dans la demi-obscurité, on passait inaperçu.

En bas, il y avait la bande à Camillo.

Ils étaient tous là à déconner à pleins tubes.

Là-haut, j'étais aux premières loges. On avait du spectacle et ça valait le coup.

Paulo me cherchait. Il hurlait mon nom. Comme je n'avais pas envie qu'il me trouve, je m'étais allongé derrière un gros tube et j'avais attendu qu'il passe.

Au boulot, je n'arrivais toujours pas à me concentrer sur Anne. C'était la fatigue. Les bruits. Les poussières. Il fallait tout le temps se défendre, se protéger. Etre sur le qui-vive. J'avais fait mon travail machinalement. Comme un abruti. J'avais eu l'impression d'être en ergothérapie. Je ne savais pas comment c'était mais ça devait ressembler à ça. Forcément.

Ma cure terminée, j'étais allé voir si Manu n'avait pas besoin de moi. Il m'avait trouvé des trucs à faire. Ça m'avait occupé. Et puis, j'avais pu discuter. C'était le seul avec qui je pouvais parler. En toute confiance. J'aimais le faire parler des femmes. Il en parlait toujours bien. Avec respect et amour. Il me les comparait toujours à des coquelicots : mêmes cycles, mêmes beautés, même fragilités...

Pendant qu'on discutait, j'avais reçu une corde sur la gueule. Pendant cinq bonnes minutes, j'avais été sonné et je n'avais plus rien vu. Ici, on se prenait toujours quelque chose sur la tronche. A force, on revenait complètement déformé. Heureusement avec une casquette, ça ne se voyait pas trop. Mais il fallait quand même l'enfoncer un peu, qu'elle masque les bords.

J'avais eu mal tout le reste de la journée. Je n'en avais pas parlé. Ça ne se disait pas trop, ces trucs-là. Sinon on risquait de passer pour un branleur. Ou pour un con, parce qu'on s'attirait les emmerdements et qu'on ne savait rien faire. On était toujours responsable des évènements qui nous arrivaient. On ne dirait pas, mais leurs raisonnements, ça allait loin. Finalement seuls les moins cons avaient le droit de survivre. C'était vrai, j'aurais pu éviter cette putain de corde !

D'ailleurs, j'aurais dû rester au lit. Mais au lit, c'était aussi plutôt dangereux. Je me prenais plein de pensées dans la gueule. Parfois, c'était mortel. Ça frappait de partout. Finalement, une corde, c'était pas plus idiot. Une fois tombée, on ne risquait plus rien. Du moins jusqu'à la prochaine. Tandis que les pensées, elles suivaient leur chemin. Mais peut-être qu'il n'y avait en nous qu'une seule pensée. Peut-être que l'homme s'était imaginé posséder des idées et qu'en fait, c'est toujours la même qu'il ressassait. La même depuis des siècles. Depuis qu'il existait. Elle s'était peut-être tout simplement compliquée au fil des temps comme une pelote de laine. Qui savait si ce n'était pas cela dont il s'agissait ?

C'était vrai. Ils avaient peut-être raison. Peut-être que je cherchais les emmerdes. J'avais eu envie de partir.

Le soir, je n'étais pas allé voir la voisine. D'abord, j'étais trop crevé. Ensuite, ça semblait être la journée à emmerdes et je n'en voulais plus pour ce jour-là. Je m'étais endormi. Sans manger. Sans trop me réveiller la nuit.

Chapitre X

Les jours suivants, sur le chantier, j'avais continué à servir les uns et les autres. On avait même failli se faire péter la gueule avec une bouteille d'acétylène. Elle avait explosé d'un seul coup. Heureusement, j'étais à l'étage. Un gars n'avait rien entendu. Sa chignole faisait trop de bruit. Concentré sur le trou qu'il perçait, il ne s'était aperçu de rien. Je lui avais lancé un boulon dans les pattes. Ça lui avait fait lever la tête et comme ça, il avait aperçu les flammes. Heureusement, il avait compris tout de suite et il s'était barré en courant. Finalement, les pompiers étaient arrivés. Trop tard. On avait déjà fait le boulot mais ça faisait plaisir de voir des mecs organisés débouler à toute vitesse. Ils étaient efficaces mais seulement une fois sur place. Néanmoins même s'ils n'avaient pas éteint le feu, ça leur avait fait une petite sortie et nous une petite pause. Mais je commençais à en avoir marre de tout ce foutoir.

Le jeudi, j'avais encore eu des ennuis.

J'étais en train de faire la sieste dans une nouvelle planque quand le chef était arrivé. Il s'était mis à gueuler. Comme un dératé. Mais je n'avais pas envie de discuter. Encore moins de l'entendre hurler. Du coup, il s'était mis en tête de me virer. J'en avais plus que marre et j'avais envie d'être tranquille. Je lui avais dit que je m'en foutais complètement et qu'il me faisait encore plus chier que d'habitude. Ce n'était pas peu dire. Ça l'avait excité encore plus. Finalement, j'avais été viré sur le champ. Enfin, sur le chantier. Je n'étais que le troisième à être licencié ce mois-là. Je lui demandai ma paie. Ça l'avait rendu encore plus hargneux.

- Prends tes affaires et barre-toi. Ta paye, on te l'enverra ! Je ne veux plus te voir traîner ici, espèce de branleur. Et en plus tu nous fais perdre notre temps.

Je lui aurais bien foutu sur la gueule mais ça n'en valait pas la peine. J'aurais eu trop d'emmerdes et il aurait eu le dessus parce qu'il aurait appelé à la rescousse. Un chef, on le défendait toujours même s'il avait tort. Même s'il était con. C'était comme cela, la connerie, c'était plus contagieux que la rougeole.

En tout cas, ils allaient m'expédier ma paie. C'était toujours comme ça. On était viré sur l'heure mais ils payaient quand ils voulaient. Je savais tout ça mais j'insistai quand même :

- Je veux ma paie tout de suite.

- Va-t-en. Tu viendras la chercher au bureau, ta paie !

C'était pas la peine d'insister. Les autres se tenaient à carreau. Ils n'avaient rien dit. Peur de se faire virer aussi. Libre. Je m'étais senti libre. Mais j'étais embarrassé quand même. Je ne savais pas ce que j'allais devenir.

J'étais allé voir Manu. Il était embêté pour moi. Ça lui faisait de la peine qu'on me débauche comme ça. Il avait voulu aller voir le chef et lui parler. Mais je n'avais plus envie de rester. Pour une fois, je m'étais lavé les mains sans me presser. J'avais mis plein de pâte Arma et j'avais frotté longuement. Après, je m'étais rincé les mains. Consciencieusement. J'avais enlevé mon bleu et j'étais parti. La voiture m'avait suivi sans trop de problèmes. On n'avait pas besoin de la virer. Elle virait toute seule. Elle s'en tirait encore assez bien. Même quand elle ne savait pas ce qu'elle allait trouver au coin de la rue. Quand il y avait une chouette nana, elle avait quand même du mal à se redresser. Ça se voyait quand même un peu. Mais elle s'en sortait toujours.

De l'autre côté du portail, il faisait super beau. C'était un temps pour aller se baigner.

Mais je rentrai chez moi.

Chapitre XI

Mélodie n'était pas là. Pas encore. Un instant, j'avais eu peur qu'elle ne revienne plus. J'aurais été emmerdé. Ce n'était pas la peine de se faire virer pour se retrouver là comme un con. Seul. Complètement seul.

Je l'avais attendue dans le jardin attenant à la maison. Ça sentait bon la citronnelle. Il devait y en avoir partout. En fait, c'était rempli d'odeurs. Plus ou moins fortes. Des senteurs qui semblaient s'échapper du plus profond de la terre. Mais la citronnelle était plus prégnante que les autres. Elle rappelait la menthe et donnait envie de se rafraîchir, de se désaltérer. En tout cas, c'était une belle période pour vivre la terre. Surtout comme à ce moment-là quand elle se mettait dans tous ses états. Il y avait une vieille fontaine. Toute en fonte. Elle semblait prisonnière des herbes qui l'enserraient mais, en même temps, on sentait bien qu'elle était là depuis longtemps, qu'elle avait rafraîchi et nourri ce jardin depuis toujours. Elle était peut-être même arrivée avant lui. Entourée d'une discrète luxuriance, elle était indifférente à tout. Même à moi.

Au bout d'une heure d'attente, j'entendis du bruit. Je m'étais levé et j'étais retourné vers la maison. C'était une vieille baraque sur un seul niveau. Style chartreuse mais toute simple.

Elle était là.

Elle m'avait repéré de loin. On s'était embrassés sans mot dire. Cela voulait dire que cela s'était fait sans que l'on ait eu à se dire quelque chose. Tout naturellement. Tout simplement. Tout bêtement.

On était entrés dans sa maison. C'était pas très compliqué comme ameublement vu qu'il n'y avait presque rien. Il y avait quand même pas mal de livres. Je m'étais demandé à quoi ils pouvaient servir. Elle en faisait peut-être la collection. Peut-être aussi qu'elle les achetait au mètre. Ça devait être la culture subordonnée au mètre-mot. Je n'eus pas le temps d'approfondir la question vu que nous allâmes nous asseoir sur une espèce de canapé. Et puis là, c'était allé un peu plus vite. Nous étions passés tout de suite à l'essentiel.

Faire l'amour m'avait un peu réveillé. Bien sûr, c'était pas elle que j'avais dans mes bras. Mais, j'avais envie d'être avec quelqu'un. J'avais voulu me fondre et oublier. On était restés un bon moment comme ça. Sans bouger. A respirer l'air d'amour. Ça n'avait rien de particulier si ce n'était que cela semblait vital.

Je lui dis que je venais de me faire licencier de la boîte. Cela n'eut pas eu l'air de l'émouvoir outre mesure. Elle devait s'en foutre complètement. Alors je m'étais tu. Pas longtemps car j'avais eu envie de bouger. Je lui proposai d'aller faire un tour en bagnole. Sans lui dire où je comptais aller. De toute façon, je n'en savais rien. J'avais peur d'essuyer un refus. Finalement, elle m'avait suivi sans trop de problèmes.

La bagnole avait dû reconnaître Mélodie car elle se mit en route sans rechigner. Des fois, le matin, elle refusait de partir. Comme ça. A froid. Alors, j'attendais qu'elle veuille bien se décider. Mais là, elle démarra de suite. Je n'allais quand même pas lui faire une scène maintenant. Surtout devant témoin.

On était sortis de la ville et on avait filé sur une ligne droite. J'aimais bien les lignes droites. Au moins, on ne s'occupait pas de ce qu'il y avait sur les côtés. On appuyait sur le champignon et on se laissait aller. On avait aussi le temps de caresser sa voisine. Quand on avait la chance d'en avoir une. Et si aussi elle ne disait rien. Bien sûr, tout ça c'était en option.

On pouvait s'occuper de rien aussi. Je scrutais alors l'horizon. J'essayais de le fixer mais il reculait toujours. Alors, je regardais plus près. C'était moins fatigant.

La nuit était tombée très vite. On n'avait rien senti. Cela avait dû se faire en douceur. Les phares trouaient l'obscurité mais on ne voyait pas bien les trous. Heureusement, on ne s'était pas cassé la gueule. Il m'avait semblé que Mélodie s'endormait. On n'avait pas trop discuté. Je posai ma main sur son genou. Elle mit la sienne par dessus. C'était pas encore trop dangereux pour la visibilité.

C'était quand même marrant de traverser la nuit à deux, comme ça et aussi vite. Mais j'avais beau accélérer de temps en temps, on n'atteignit pas le bout de cette masse noire. On avait aussi traversé des villages et quelques villes. Toutes faiblement éclairées. J'avais trouvé que les lampadaires étaient trop hauts. Trop hautains surtout. Trop maigres aussi. Ils ressemblaient un peu à des lances de feu pointées vers le ciel. Mais on n'avait pas aperçu d'ennemis dans le ciel et ils n'avaient pas eu besoin de se défendre. C'était dommage car j'aurais bien aimé voir comment ça fonctionnait. Il y avait eu aussi quelques étoiles mais ça c'était normal. Ça faisait partie de l'attirail de la nuit.

Mélodie s'était un peu réveillée mais elle ne s'était pas posée de questions sur notre destination. Je savais qu'en roulant vers l'est, on rencontrerait d'abord la mer, puis le soleil. Peut-être les deux en même temps. Mais au fond, je n'en savais rien. J'avais dû m'arrêter pour pisser. Je n'avais pas tellement envie mais j'aimais bien prendre ainsi la température de la nuit. Ça me donnait parfois des frissons. Et puis, j'aimais bien faire ça dans un ciel sous la clarté des étoiles. J'avais l'impression de renaître. De me séparer de la terre pendant que ma tête rejoignait le ciel nocturne.

Nous étions arrivés au bout de la route mais pas au bout de la nuit. Il faisait sombre. On entendait la mer toute gémissante. Elle se frappait la tête contre la falaise. Par contre, il n'y avait toujours pas l'ombre du soleil. On laissa la voiture sur la falaise et on était descendu sur la plage. De temps en temps, on avait dérapé sur les pierres mais c'était parce que ça dégringolait un peu trop abruptement et qu'on ne voyait pas bien où l'on marchait. Heureusement, on avait trouvé un chemin qui se faufilait entre les broussailles et il avait suffi de le suivre. Maintenant, on percevait de mieux en mieux les vagues. Elles semblaient légèrement hystériques mais on s'en foutait carrément. On était arrivés en bas dans une crique. Ça sentait bon. Je m'approchai de l'eau. Elle était froide. Presque glaciale.

Mélodie m'avait regardé me déshabiller. Elle croyait peut-être que je n'allais pas le faire. Ou peut-être qu'elle hésitait aussi à se dévêtir. J'étais entré dans l'eau d'un seul coup. Déjà, elle avait semblé moins froide et j'avais moins grelotté. Mélodie se décida finalement à me rejoindre mais elle n'avait pas supporté la température et était revenue sur la grève à toute vitesse. A mon avis, elle aurait dû s'enfoncer complètement dans l'eau. Elle aurait eu ainsi moins froid. Je restai là où on avait encore pied c'est-à-dire jusqu'à une cinquantaine de mètres de la plage. Je n'avais pas trop osé m'avancer dans la mer car je ne savais pas très bien nager. Il me semblait même que je ne savais pas du tout nager. Mais je n'avais jamais essayé de le vérifier en m'aventurant là où l'eau était plus profonde.

Mélodie s'était assise sur le sable, les genoux repliés sous le menton. Elle s'était enfouie la tête sous la veste qu'elle avait jetée sur ses épaules. J'allai la rejoindre. Elle grelottait. Et ce putain de soleil qui n'était toujours pas là. Je me demandais ce qu'il foutait. On alla se mettre à l'abri derrière un rocher. On avait creusé un peu dans le sable pour s'y blottir. Mais le froid s'était même planqué là. Mélodie essaya de dormir un peu en se faisant bercer par le bruit des vagues. Elle s'était complètement recroquevillée.

Je commençais à claquer des dents. Je retournai donc me baigner pour me réchauffer. Mais à chaque fois que je sortais de l'eau, c'était toujours pareil. Il fallait recommencer. Je ramassai donc des bouts de planche un peu partout pour améliorer notre habitat. Au fil des planches, il s'était transformé en résidence secondaire. Mélodie avait un peu gueulé parce que j'avais fait du bruit et elle s'était demandé ce que je foutais au milieu des étoiles. J'avais pas essayé de faire de toit parce que ça risquait d'être dangereux pour elle et puis j'avais trouvé que l'abri avait ainsi un aspect pratique car il permettait de récupérer la clarté de la nuit.

Juste au-dessus de nos têtes, on distinguait les étoiles. Elles faisaient leur ronde de nuit et comme ça, elles pouvaient veiller sur notre sommeil.

Je m'étais collé contre Mélodie. Avant, je m'étais séché en courant sur le sable. Les habits avaient essuyé ce qui restait d'eau sur ma peau. On tenta de faire l'amour, mais habillés ce n'était pas très pratique. Et puis, il y avait plein de grains de sable qui s'étaient faufilés insidieusement dans notre rapport et ça nous avait fait crier. On se serait cru sur une table d'opération sans anesthésie. Finalement, on reporta la séance à un moment plus propice et dans un lieu plus adéquat.

Le soleil était arrivé en bâillant de tous ses rayons. Heureusement, les planches nous avaient protégés un peu. Lorsque Mélodie aperçut tout ce bazar, elle s'était demandée ce qui se passait. Elle ne comprenait rien. On s'était levés et on était allés dans l'eau. La mer était déjà moins froide. Elle était aussi beaucoup moins furieuse. On vit l'horizon, un peu bombé. Un peu brumeux. On distingua aussi une barque de pêcheurs. Au loin.

Déjà, on se sentait un peu moins seuls.

Toute la matinée, on ramassa des coquillages. On en avait trouvé plein et on les avait entassés dans notre demeure. A l'abri des convoitises. Entre deux coquillages, on s'était baignés. C'était rudement agréable et on avait eu envie de voir la journée s'étirer sur le sable comme faisait la mer par moments et par endroits.

Vers midi, on avait commencé à s'inquiéter car on avait faim et on n'avait rien à bouffer. On avait plein de coquillages mais ils étaient complètement vides. J'étais parti dans l'eau du côté des rochers pour chercher des oursins et des coquillages encore vivants. J'avais essayé de scruter l'obscurité de l'eau mais ce n'était pas évident. Mais pas du tout. J'avais plongé les mains dans la mer et j'y étais allé en tâtonnant et tout doucement. De temps à autre, je me faisais piquer mais je m'y habituais.

Chapitre XII

Je cherchais Mélodie mais je ne parvenais pas à voir où elle était. Je ne m'étais pas trop inquiété. Elle avait dû aller faire un tour du côté de la dune. Mais elle me manquait. Là, à cet instant précis. J'avais besoin de la voir. De la regarder. De sentir sa présence. De la caresser des yeux. Je m'étais hissé sur un rocher pour mieux voir où elle était. Cette histoire, ça commençait à m'inquiéter !

D'un coup, c'était là que je m'étais aperçu de ce qui était en train de se tramer. Brusquement, je lâchai tout et je m'étais mis à courir vers le haut de la plage. De loin, debout sur le rocher, j'avais tout vu. Il y avait un type bizarre en train de poursuivre Mélodie. Maintenant, je les voyais. Il l'avait attrapée et elle se débattait furieusement. Elle donnait des coups partout mais il la tenait fermement. Le bruit des vagues avait dû couvrir ses cris car je n'avais rien entendu. Je courus le plus vite possible. Quand j'étais arrivé pas très loin d'eux, le type me vit et il lâcha Mélodie pour s'enfuir. Elle gisait par terre. Inerte. Le mec l'avait assommée. J'essayai de la soulever mais son poids me résistait. Elle resta là, inanimée. Je ne savais pas où elle avait été touchée exactement. Le type était encore là devant moi, à quelques centaines de mètres, en train de galoper. Je me lançai à sa poursuite. Avec toute ma hargne. Il avait déjà une bonne longueur d'avance mais il fallait que je le rattrape, coûte que coûte. Il disparaissait au milieu des rochers, puis d'un seul coup réapparaissait par surprise. Je sautais de pierre en pierre. J'étais tellement sur les nerfs qu'il me semblait que mes forces avaient décuplé. Je me rapprochai de plus en plus de lui et j'étais sur le point de le coincer. Quelques mètres à peine nous séparaient. Le type venait d'atteindre un petit banc de sable entre la falaise et les rochers. J'en avais profité pour reprendre toutes mes forces et lui sauter dessus. Je voulais l'attraper avant qu'il ne redisparaisse dans les rochers. Je réussis à l'agripper juste au moment où il quittait le banc de sable. Je lui envoyai un sacré coup de poing au menton mais il ne se laissa pas faire. Il essaya de me donner des coups mais j'étais comme fou.

Je ne sentais plus mon corps. Je continuais à frapper. De toutes mes forces. De toute ma haine. J'étais à bout. Mais je ne cessais pas de cogner. Je martelais son corps. Je devais ressembler à un forgeron ivre. Il chancela mais je continuai. Abruti. Complètement sonné. Je frappais. A chaque fois, j'avais l'impression d'anéantir tous les cons de la terre. Je trouvais là un exutoire à toute cette vie de con. Finalement, épuisé, je me suis affaissé et il avait réussi à s'enfuir. Je restai ainsi, allongé par terre quelques instants. Le temps ressentir mon corps.

Chapitre XIII

Le gars était déjà loin. Disparu. Je ne sais même par où. En tout cas, cela m'avait un peu calmé. J'étais allé un peu plus loin et j'avais plongé la tête dans l'eau. J'avais besoin de me rafraîchir les idées. La vie avait un drôle de goût. Un goût amer. Un peu salé. Le sel de la vie peut-être.

Il fallait que je retourne voir Mélodie. Mais j'étais vidé. Complètement. En allant vers elle titubant, je trébuchai sur une pierre et je m'affalai. J'avais dû rester comme ça un petit moment.

Une vague plus hystérique que les autres m'avait réveillé. Elle m'avait foutu en pleine gueule toute son écume. Je m'étais relevé péniblement et j'avais réussi à marcher et à remonter la grève. Mélodie était toujours au même endroit. Encore évanouie. Je ne savais pas ce qu'il fallait faire. J'avais essayé de la réveiller. Sans succès. Finalement, je l'avais traînée près de la mer et j'avais plongé sa tête dans l'eau. Ça n'y fit rien. Je l'allongeai sur le sable et je lui avais foutu une petite baffe. Cela eut plus d'effet. Elle avait ouvert les yeux. Mais elle semblait complètement dans les vapes. Elle ne comprenait rien. Elle regarda autour d'elle. Hagarde. Ça faisait bizarre de la voir comme ça. D'un seul coup, je m'étais senti loin d'elle. Etranger. Complètement à part. Je ne faisais plus partie de son univers. J'avais envie de gueuler. Mais ça servait à rien. Je me retournai pour chialer un coup. Ca devait être les nerfs.

J'étais revenu vers elle. Je ne pigeais rien à ce qu'elle disait. Elle marmonnait des mots bizarres. J'avais fini quand même par deviner qu'elle voulait rentrer. Je la pris sur mes épaules et je commençai à gravir la falaise. Je mis du temps mais je finis par y arriver. Pourtant, je n'avais pas arrêté de déraper. J'avais dû m'arrêter plusieurs fois et m'asseoir. Je n'en pouvais plus. J'avais bien cru que je n'y arriverais jamais. Et puis, j'avais toujours peur de la lâcher et de la voir redescendre la pente. Finalement, on était arrivés en haut.

La bagnole n'avait pas changé. Toujours dans sa forme. J'ouvris les portières arrière et j'allongeai Mélodie sur la banquette. Je la recouvris de mon blouson. Le type avait dû la frapper avec une grosse pierre car toute sa nuque saignait. Ses cheveux étaient collés par le sang. Elle avait eu l'air de se rendormir. Je posai mon blouson sur tout son corps et je me mis au volant. Je pensais toujours au mec. Je me demandais où il avait pu passer. Mais ça ne me turlupinait pas plus que cela.

J'avais repris la route en sens inverse. Le soleil se couchait. Le paysage était superbe. Avec au loin les collines qui, en ombres chinoises, se profilaient devant l'astre solaire. Et puis le ciel avait pris une teinte violacée sur un mince filet d'orangé. Cela avait été superbe. Il m'avait donné envie de vivre, ce putain de ciel. J'avais roulé au ralenti pour en profiter un maximum. Il y avait eu un con qui m'avait klaxonné à ce moment-là pour me dépasser. J'eus envie de le coincer contre le bas-côté mais je n'avais pas eu le réflexe. De toute façon, ça suffisait largement pour aujourd'hui.

Le jour s'était enfoncé progressivement dans la nuit. Tout doucement. Pudiquement. J'étais envahi par toute cette obscurité mystérieuse et bienfaisante. Complètement appesanti, je ne savais plus où j'en étais. Un peu plus libéré peut-être. Un peu plus emmerdé sûrement. La liberté, cela n'avait jamais été reposant. C'était parfois tuant même. Mais ça valait toujours la peine d'essayer. Pour voir. Sinon, on regrettait après car on n'aurait jamais su si elle existait réellement.

Je m'étais arrêté à une boulangerie qui était encore ouverte. La femme m'avait regardé d'un œil bizarre. Je devais avoir l'air d'un zombie. Je n'avais pas cherché à comprendre mais je devais avoir une drôle de gueule. Je demandai une baguette et je sortis en évitant son regard. J'ai repris la bagnole. Entre temps, Mélodie s'était réveillée. Elle me regardait.

- Eh bien, qu'est-ce qu'il y a ? lui demandais-je un peu brutalement.

- Rien. Rien du tout mais ramène-moi. Ramène-moi chez moi. Je t'en prie. Dépêche-toi.

Elle avait continué à parler mais elle bafouillait et je n'avais plus rien compris. Je lui donnai un peu de pain mais elle ne le prit même pas. Elle semblait loin de tout. Avec des yeux bizarres, ceux dont on se servait quelquefois pour regarder à l'intérieur des choses.

Chapitre XIV

On était arrivés en pleine lune. J'avais sorti Mélodie de la bagnole. Elle dormait à moitié. En fouillant dans ses poches, j'avais trouvé son trousseau de clés.

Avec pas mal d'efforts, je réussis à la passer par la porte. Ça avait été chiant car il avait fallu que je passe en même temps. N'empêche que j'y étais arrivé. Je l'avais mise sur le lit.

Par moments, elle délirait. Je regardais dans ses affaires pour tenter de trouver une adresse ou un numéro de téléphone quelconque. Je voulais trouver quelqu'un de sa famille, quelqu'un qui la connaissait bien et qui aurait pu venir m'aider. Quelqu'un qui sût aussi comment lui parler. Je ne pouvais pas rester là, comme ça à la regarder tout le temps. Cela devenait complètement surréaliste. Je devais avoir l'air aussi con qu'un boulon complètement foiré. Encore qu'un boulon sur une tige filetée était à sa place. Ici, je ne me sentais pas à l'aise.

Je finis enfin par trouver un numéro de téléphone. Sûrement celui de sa sœur ou de sa belle-sœur ou de quelqu'un comme ça. Cela avait le même nom de famille. J'avais recouvert Mélodie d'une couverture avant de téléphoner.

Finalement, c'était bien sa frangine. Elle était au bout du fil. A bout de nerfs aussi. J'essayai bien de simplifier mais il avait fallu que je dise comment je connaissais Mélodie. C'était pas facile au téléphone et c'était pas le moment. La sœur n'avait rien compris et elle s'était mise en colère. Elle m'avait menacé de m'emmerder. Je ne la connaissais même pas. Quelle conne ! Du coup, ça m'avait tellement énervé que j'avais raccroché.

J'étais revenu auprès de Mélodie. Elle dormait. Sa sœur arriva quelques heures plus tard. Elle s'était calmée. Heureusement. Et puis de voir Mélodie complètement assommée, cela lui avait fait quelque chose. Elle était devenue plus aimable.

Je lui avais raconté en gros ce qui s'était passé sur la plage, sans entrer dans les détails. J'avais donc évité de lui parler des coups filés au type. Elle avait eu l'air de me croire. En tout cas, elle avait dû s'imaginer de drôles de trucs sur mon compte. Elle s'était mise à parler à Mélodie. Tout doucement. Calmement, elle lui posait des questions. Je m'étais replié dans un coin de la pièce pour les laisser tranquilles. Mélodie semblait respirer beaucoup mieux. Cela avait l'air d'aller mieux. C'est à ce moment-là que je décidai de me barrer. J'en avais marre. J'étais rentré chez moi.

Je m'étais regardé dans la glace. Je compris la réaction de la boulangère. J'étais pas rasé.

J'avais les cheveux en bataille et encore des traces de sang sur la tempe. J'avais aussi des cernes. A part ça, tout était normal. Je pris une douche. L'eau était plus froide que d'habitude mais ça me fit quand même du bien.

Je ne savais pas trop ce que je voulais faire. Je n'avais plus envie de rester chez moi. Et puis, il était temps que je me trouve un petit boulot. Que je gagne ma vie. Pour mieux la perdre bien sûr, comme disait l'autre. C'était vrai qu'on disait parfois n'importe quoi, qu'on manquait de nuances. Il faudrait un de ces jours que l'on refasse aussi le point sur les mots, qu'on les redéfinisse. On se comprenait quand même non pas à cause des mots eux-mêmes mais surtout grâce à la chaîne qui les reliait entre eux.

Je pris quelques affaires auxquelles je tenais. Et puis, je sortis. Je planquai la clé sous une pierre. Au cas où Anne reviendrait...

J'eus envie de marcher. La bagnole avait eu son compte. Elle avait quand même pris un peu de couleurs à la mer. Comme quoi, l'air marin, ça faisait du bien même aux bagnoles. Je la laissai là, bien garée. C'était pas mon cas. Au contraire, je me sentais plutôt égaré.

Chapitre XV

Je partis en ville à pied. Ça m'avait fait beaucoup de bien. Je voulus m'acheter des cigarettes. J'avais envie de fumer. Il fallut que j'aille à la gare pour trouver quelque chose d'ouvert. Il faisait nuit depuis un moment. J'aimais beaucoup la gare. C'était un drôle d'espace. On y rencontrait toutes sortes de gens. Et puis de voir tous ces pèlerins avec tous ces bagages, ça me donnait toujours envie de partir. De faire aussi mes propres bagages. Ça faisait un peu débâcle tout ce déploiement de sacs dans le hall de gare. Mais ça faisait aussi un peu liberté. Liberté de recommencer quelque chose, de repartir d'un autre pied. On avait l'impression de renaître, d'avoir franchi une étape supplémentaire. La gare, c'est aussi plein de gens qui s'amusaient à fouiller du regard tous ceux qu'ils croisaient. Ils devaient se regarder dans les yeux des autres. Tout le monde se scrutait. En silence. Furtivement.

Je m'étais fait accrocher par un type en costard et cravate. Il voulait absolument me revendre des fringues. Je lui fis comprendre que je n'avais pas une gueule à lui acheter ses vêtements. J'avais d'autres trucs à penser. On avait quand même sympathisé. Je devais avoir l'air d'un mec plein de ressources car il me proposa de travailler avec lui. Son boulot n'était pas trop chiant mais il y avait quand même quelques risques. Minimes, m'avait-il assuré. C'était vrai mais les bénéfices étaient encore plus minimes. Il fallait piquer des fringues aux touristes et les revendre. Piquer, ça pouvait passer mais revendre des trucs déjà portés ça devait pas être évident surtout qu'on n'avait pas le choix des tailles à moins d'avoir un stock important. Je n'avais pas envie de me lancer dans ce genre de combines. Même pour lui faire plaisir. Le mec dormait dans un wagon désaffecté qui était resté en rade sur une voie de garage. Il avait trouvé cet abri de première classe par hasard. C'était pas con du tout. J'avais eu envie d'en faire autant. J'avais donc cherché un train qui ne partait pas tout de suite. J'en trouvai un qui ne devait démarrer qu'en fin de journée. J'étais monté dedans et je m'étais installé dans un compartiment libre. J'avais tiré les rideaux comme dans un lit à baldaquin et je m'étais allongé sur la banquette pour essayer de dormir un peu. C'était pas une première classe mais c'était tout comme. J'aurais bien aimé voir les lumières de la ville mais je voulais pas être surpris là-dedans. Je tirai les rideaux. Je devais être tellement crevé que je m'endormis presque tout de suite.

Quand je m'étais réveillé, ça m'avait fait drôle car le train quittait la ville. C'était sûrement les secousses du départ qui m'avaient sorti de mon sommeil. De toute façon, c'était trop tard pour sauter du train. J'étais encore à moitié endormi et j'avais pas envie de me retrouver sur une mauvaise voie, coincé entre deux traverses et avec un train à l'horizon. On pouvait croire que ça n'arrivait que dans les films, ces conneries. Mais non, avant de passer à l'écran, ça devait forcément arriver à quelqu'un. Les gaffes rocambolesques, ça ne s'inventait pas comme ça.

Tant pis, je m'étais embarqué et je n'avais plus qu'à voir ce qui allait arriver. Je n'étais plus à un voyage près. La campagne s'était mise à défiler mais c'était moins remuant que les majorettes. De temps en temps, des poteaux électriques venaient casser le paysage. Mais il y avait toujours un bout de maison ou un arbre que je pouvais continuer à suivre jusqu'au moment où ça disparaissait brutalement de ma vue. C'était marrant de voir ces images qui sautaient tout le temps. Comme dans la vieille télé de ma grand-mère. Mais, elle, elle avait de la neige en plus. Dans les yeux. Elle ne comprenait rien. Ça parlait trop vite pour elle. Mais elle était bien contente d'être au chaud et de pouvoir regarder les mecs qui se faisaient chier. La télé, c'était un décor, un pot de fleurs avec des couleurs qui bougeaient tout le temps. Heureusement qu'elle pensait à autre chose parce que la télé ça tuait si on n'y faisait pas attention. Et il n'y avait pas d'accompagnement.

Le soleil arriva en plein fouet sur la vitre. Je ne voyais plus grand chose mais je l'avais laissé faire. Ça me fit du bien de le sentir là, sur ma peau, à travers quelques mèches de cheveux.

Le compartiment ne s'était pas rempli. Heureusement pour moi. Le wagon était calme. Pratiquement personne n'avait dû monter dans ce train. J'avais décidé de descendre dès qu'il y aurait une gare un peu plus fréquentée. Il valait mieux éviter tout ce qui était contrôleurs et autres képis. J'étais pas d'humeur à assumer d'autres conneries. Je pensais un peu à Mélodie et pour une fois beaucoup moins à Anne. Comme quoi, une femme pouvait en chasser une autre. A moins que la dernière ne fut une synthèse des précédentes et que Mélodie, finalement c'était Anne et toutes les autres. C'était peut-être dur à suivre comme raisonnement mais pour moi aussi, c'était pas évident. Mais j'étais sûr qu'en rassemblant dans un seul corps toutes les femmes que l'on connaissait, on évitait la dispersion et puis ça pouvait faire un mélange subtil et plaisant. Mais fallait pas rêver. On était capable d'aller sur la lune, d'envoyer des satellites, de comprendre la sexualité de la drosophile mais l'homme, c'était encore du mystère, de l'inexploré.

Le train roulait à belle allure pendant que le soleil s'était hissé au-dessus des collines. Le paysage s'était fait déjà un peu plus clair. Un peu plus souriant aussi. Je pensai au type de la plage. Mais sans trop. Je réfléchis que j'aurais pu y rester aussi. Heureusement, ça ne s'était pas trop mal passé. Du moins pour moi. J'avais eu de la chance aussi que le mec n'ait pas été trop pas trop coriace.

Le train ralentissait freiné par les maisons, on était arrivés près d'une ville. Cela s'était vu aux habitations. Elles étaient de plus en plus nombreuses. De plus en plus serrées. Et puis, d'un seul coup, elles s'étaient toutes collées les unes aux autres. Il y avait de plus en plus de fils électriques aussi. Ça m'avait rappelé le chantier. Je me mis à penser aux mecs au boulot. En train de serrer des boulons ou de déplacer une armoire électrique ou encore en train d'écouter les conseils du jour de leur vénérable petit con de chef. En tout cas, j'étais mieux ici sur une banquette de moleskine. Et puis, il n'y avait personne pour venir me poser des questions stupides ou pour me donner des ordres débiles.

Tout s'arrêta : le train, les maisons, les fils. Le quai était rempli de gens qui devaient prendre le train pour aller au boulot. Sûrement. J'en avais profité pour descendre. J'étais pratiquement le seul à descendre. Rapidement, j'étais allé voir ma gueule aux toilettes. J'avais l'impression que je portais sur moi un truc pas normal. Elle n'était pas terrible mais ça allait et je ressemblais encore à quelque chose. Je sortis de là. Il faisait beau et les enseignes lumineuses pétaient la forme et elles s'éclataient dans toutes les couleurs.

Chapitre XVI

Dans la rue, je ne savais pas où aller. Cela n'avait aucune importance puisque j'ignorais même où j'étais. Je marchais un peu au hasard des rues. Un chien se mit à me suivre mais j'avais envie de ne voir personne. Alors, je m'arrêtai et j'aboyai. Il se sauva en courant. Je ne savais pas s'il avait compris mais le résultat était largement satisfaisant. Comme quoi, il était plus facile d'apprendre la langue de l'animal. On faisait toujours le contraire de ce qu'il faudrait faire. On lui imposait notre langue, nos signes. Comme si les animaux possédaient les mêmes organes. Par contre, quelque part dans notre cursus phylogénétique, on avait dû avoir des similitudes. Je m'étais toujours senti finalement plus proche d'un chat que d'un con. Tout ça pour dire que ce chien-là avait peut-être aussi sa philosophie de l'existence. Mais à vrai dire, je m'en branlais complètement car je préfère plutôt les oiseaux ou les poissons. La philosophie du poisson, c'était à connaître aussi. On vivait dans deux mondes différents. Le poisson, il ne connaissait pas notre vie sur terre. Il ne savait même pas qu'il était dans l'eau. Le jour où il l'apprenait, c'était quand il en sortait mais il en crevait. Nous, c'était pareil, on ne connaissait que notre monde. Impossible de faire autrement. C'était toujours pareil, quand je me retrouvais ailleurs, j'avais envie de voir le monde autrement et je remettais à jour mes connaissances.

Je marchais depuis un moment et je commençais en avoir marre. J'avais envie de faire du stop. Histoire d'aller plus vite. Histoire aussi de discuter un brin. Mais je ne savais toujours pas où j'allais. Du moins, je ne m'étais pas encore posé la question. J'étais sorti de la ville et je m'étais mis au bord de la route. J'avais levé mon bras mais j'étais resté un bon moment à attendre avant qu'une bagnole veuille bien s'arrêter. Il était temps car je commençais à ne plus y croire. Sauf à croire que je n'existais plus et que je n'étais plus perceptible. Encore un problème de basse phénoménologie.

Je tombai sur un type d'une quarantaine d'années. Il commença par me poser plein de questions. Déjà, je le trouvais chiant car j'avais pas envie de subir un interrogatoire serré dans tous les sens du terme. Puis, il continua à poser, non plus des questions, mais sa main droite sur mon genou gauche. Malgré cet équilibre, ça me fit vraiment chier. Je commençai à comprendre où il voulait en venir. Je rassemblai mon dégoût et je repliai mes genoux. Le mec n'avait plus insisté de ce côté. Par contre, il avait arrêté la voiture sur le bord de la route. Vraiment, j'avais pas de chance et je m'attendais encore à des pépins. Je serrai mes poings, prêt à lui foutre sur la gueule. Mais il n'avait pas fait un seul geste. Il avait dü sentir ma réserve. Il m'avait seulement proposé un marché. Je me laissais toucher et j'avais droit à cinq bornes de plus, c'est-à-dire jusqu'au village suivant. Ça m'avait fait marrer et j'étais sorti en rigolant de sa bagnole. Il ne manquait pas de culot le mec, et radin de surcroît. Cinq bornes pour se laisser toucher, je trouvai que c'était donné. J'imaginais l'amour avec une tarification kilométrique. On n'avait plus qu'à utiliser un kulomètre. Quand je faisais l'amour avec une nana, ça devait faire pas mal de bornes. J'avais dû faire plusieurs fois le tour de la terre. Le mec, vexé, avait démarré en trombe. Sûrement frustré aussi. En tout cas, je l'avais traité de tous les noms. Mais il était déjà loin, à la recherche sûrement d'un autre compagnon plus complaisant. J'étais peut-être trop con pour lui et pas assez plaisant.

Je refis du stop mais de manière beaucoup plus sélective. Seulement aux femmes et aux couples hétérosexuels. Des femmes, il n'y en avait pas trop sur les routes. Des couples non plus d'ailleurs. Beaucoup de vieux par contre qui se traînaient dans leur ombre. Je trouvai quand même un couple qui m'emmena assez loin. Ce n'était pas tout à fait ma direction mais je voulais absolument quitter ce patelin où je m'étais fait brancher. Je repensai au type.

Avec tout ça, je n'avais pas eu le temps de voir le jour passer. C'était déjà la nuit. Je continuais le stop mais on devait à peine me voir. Des conducteurs ralentissaient mais ce n'était pas pour ma gueule, c'était pour identifier l'obstacle qui perturbait leur vision nocturne. Je compris que c'était foutu pour cette nuit-là.

Chapitre XVII

Il y avait un peu de vent. D'habitude, ça me plaisait mais là, ça devenait particulièrement pénible. J'avais pas la tenue adéquate et je me caillais sérieusement. Je cherchais donc un coin pour me mettre à l'abri. J'avais dû marcher un long moment. Ça n'en finissait plus. J'arrivais dans un coin habité avec plein de maisons. Avec des lumières. Avec des clébards aussi. J'eus envie de les bouffer mais je ne faisais pas le poids. Ceux-là, ils ne comprenaient rien car j'avais beau aboyer, ils gueulaient encore plus. Ils avaient pas dû aller à l'école. Finalement, j'avais trouvé une serre dans un champ à la sortie de la ville, en bordure de route. Je m'étais glissé à l'intérieur en passant entre le sol et le plastique. Ça sentait bon la salade. Avec un petit côté senteur printanière.

Je mis pas mal de temps à m'endormir car j'écoutais tous les bruits. J'entendais plein de trucs et j'avais besoin de reconnaître les bruits qui parvenaient jusqu'à moi. Ça me rassurait. Il y avait au loin un chien qui aboyait. Encore un. Et des frôlements de feuilles. Sûrement un rongeur. Puis des petits grattements tout près de moi. Sans doute un insecte. De temps en temps, c'était le plastique qui claquait au vent. J'eus peur que ça ne s'effondre. A l'intérieur, il commençait à faire une chaleur insoutenable mais c'était agréable quand même. Je m'étais enfoncé dans une légère torpeur. Je me sentais bien.

Je m'étais quand même endormi. Pas très longtemps. Avant que j'aie le temps de réagir, un con de clebs me sautait dessus. Une sorte de berger allemand mais dans l'obscurité, c'était difficile à confirmer. J'avais vraiment eu la trouille. Il s'était immobilisé. Mais j'étais coincé contre le plastique. Pas contrariant, j'avais fait comme lui, je m'étais immobilisé à mon tour. De toute façon, je ne voyais pas ce que je pouvais faire d'autre. A moins de me faire bouffer mais ce n'était pas au menu et je ne me sentais pas aussi comestible que cela.

J'entendis un appel. Un sifflement aigu. C'était venu du fond de la serre. Le chien se remit à aboyer de plus belle. Assis sur ses deux pattes arrière. J'aperçus alors une lumière qui sautillait au fond de la serre. C'était, à n'en pas douter, le propriétaire du chien et peut-être aussi de l'endroit. En tout cas, il arrivait et j'étais mal barré. Le chien poussait toujours ses hurlements et il me semblait de plus en plus difficile de tenter une échappée. En quelques instants, j'aurais été déchiqueté, complètement dilacéré. J'attendis la suite, replié le plus possible contre le plastique.

Le mec était arrivé. Il m'avait foutu sa torche dans la gueule. Avec ce nouveau système, je ne le voyais plus.

- Que faites-vous ici ?

- Qui ? Moi ?

- Sûrement pas moi, non. Vous, oui. A qui voulez-vous que je parle ici ? Vous vous moquez de moi ?

Le chien se remit à aboyer comme pour appuyer les paroles de son maître. J'avais intérêt à aller dans le sens de leurs attentes.

- Je répète : que faites-vous ici ?

- Rien.

- Comment cela, rien ?

- J'avais froid. J'ai cherché un coin pour me mettre à l'abri du vent. Par hasard, en marchant au bord de la route, j'ai trouvé ça. Je ne pensais pas que ça vous gênerait. C'est tout. Je ne croyais vraiment pas que cela dérangerait quelqu'un.

- Et comment êtes-vous entré dans la serre ?

- Par là en me glissant sous la toile.

- Où ça exactement ?

- Là. Mais c'était déjà déchiré.

En même temps, je m'étais levé pour lui montrer le sol et le plastique, là où je m'étais faufilé exactement. Le chien reniflait mes explications et ça me gênait un peu. J'aurais bien aboyé aussi pour lui donner davantage de précisions mais je n'étais pas encore familiarisé avec son idiome de campagne. Et puis l'autre m'aurait peut-être pris pour un taré, une sorte d'enfant sauvage qui aurait été recueilli par une meute de loups. C'était un coup à me retrouver en hôpital psychiatrique.

- D'où venez-vous ?

- De la ville. J'ai raté mon train, alors je suis parti à pied. J'ai essayé l'auto-stop mais ça n'a pas du tout marché. Et puis la nuit est venue et j'ai aperçu cette serre. J'avais froid. J'ai eu envie de me mettre à l'abri ici jusqu'à demain matin. Je comptais repartir aussitôt le jour levé. Soit par le train, soit par la route. C'est vrai !

- Où allez-vous ?

Je n'avais plus su quoi répondre. Je n'en savais rien. Je fuyais le passé. Donc j'allais vers autre chose. Mais est-ce qu'il aurait compris ? Quand on possédait des chiens comme ça, on ne cherchait pas trop à comprendre les hommes, ni même la vie d'ailleurs. Mais, il fallait que je dise n'importe quoi pour le rassurer.

- Je vais rejoindre ma fiancée. Elle habite pas très loin d'ici.

- Vous travaillez ?

- Je suis manœuvre. Mais en ce moment, je suis en congé et je ne reprends qu'à la fin du mois.

- Où cela ?

- Entreprise Bertin.

Ses questions avaient commencé à me donner le blues mais je n'avais pas le choix.

- Bon, relevez-vous et suivez-moi.

Je m'étais hissé mais en restant sur mes gardes. Le chien me gênait toujours un peu. Il l'appela. Le clébard ouvrit la marche et j'avais dû le suivre. Le type s'était foutu derrière moi. J'avais pas eu besoin de me retourner pour le voir, je n'avais qu'à suivre les traits de lumière qu'il balançait avec sa torche. On était passés au milieu d'un tas de légumes et de fleurs. Ça sentait drôlement bon. Mais je faisais attention à ne rien écraser. Il y avait assez de salades comme ça.

On alla jusqu'au bout de la serre. Je ne savais pas ce qu'il voulait mais ma situation me semblait se compliquer. Nous étions sortis du tunnel en plastique et le chien nous avait conduit jusqu'à un baraquement en tôle ondulée. Le type nous devança pour ouvrir la porte et il me demanda d'entrer. Il y avait une pièce tout en longueur avec quelques séparations. Ça servait apparemment de bureau. J'étais resté près de l'entrée.

- Donnez-moi vos papiers.

- Je ne les ai pas sur moi.

- Vous n'avez rien du tout ! C'est quand même bizarre.

- Je me suis fait voler mon portefeuille à la gare par un type qui m'a demandé l'heure. J'a n'ai pas fait attention. Je m'en suis aperçu quand j'ai voulu prendre un café.

Je lui donnais plein de détails. Ça faisait plus crédible. Je n'avais vraiment pas envie de lui donner mes papiers. Il avait sourcillé mais il ne m'avait pas posé d'autres questions. Il était allé tout au fond du baraquement derrière un grand paravent. Le chien l'avait suivi et j'étais resté seul dans l'entrée. Le type avait pris le téléphone. J'avais reconnu le bruit de la sonnerie et maintenant, je l'entendais parler. Il devait sûrement alerter les flics. Il était grand temps de réagir. Rapidement, je sortis. Heureusement, toutes les choses étaient à leur place : la clef sur la serrure et le chien avec son maître. A peine dehors, je détalai vers la route. Le chien avait réagi plus vite que son maître et il s'était mis à courir lui aussi, tout en aboyant. Je n'avais guère de chances de lui échapper. Je me retrouvai coincé devant un mur. Heureusement, il était en vieilles pierres et sans réfléchir une seule seconde, je l'escaladai. J'avais facilement trouvé des appuis. Le chien essaya bien de grimper mais il était trop bête pour y arriver. J'espérais qu'il n'irait pas jusqu'à faire le tour du mur, si toutefois il pouvait le faire.

De l'autre côté du mur, je scrutai le paysage nocturne. Je ne vis pas grand chose sauf peut-être une route au loin éclairée de quelques réverbères. Ce n'était pas la même que celle que j'avais empruntée auparavant. Mais avec ce mur de séparation, je m'étais senti en sécurité. Je m'élançai sur mon nouveau chemin. Confiant.

J'allai vers la ville. Je pensais que là-bas, il me serait plus facile de me dérober à la vue des autres en me mélangeant aux gens. Je marchais d'un pas rapide en longeant les murs. Je bifurquai quand même dans une ruelle, puis dans une autre pour me reposer un instant. En pleine ville, je risquais beaucoup moins d'être ennuyé. Du moins en principe, sauf ronde de police imprévue. Mais, le mec n'allait quand même pas venir m'embêter en pleine ville et les flics n'allaient quand même pas se déranger pour un type qui avait juste pénétré dans une serre.

Chapitre XVIII

J'étais revenu vers la gare. Il y avait encore quelques gars louches qui traînaient et les poubelles faisaient déjà le trottoir, débordantes de vitalité. Quelques clodos en profitaient pour les reluquer et y mettre la main. Mais sans réel profit. Apparemment, il n'y avait pas grand chose à gratter.

Ce n'était pas un quartier très animé mais c'était mieux que rien. Il était deux heures du matin. Je calculais le temps qu'il me restait à attendre pour voir le jour. Il y avait encore quatre heures à tirer. Ça faisait pas mal quand même. J'étais retourné aux chiottes. Elles n'avaient pas changé de place et il y avait toujours le miroir. J'étais un peu hirsute. Je mis un peu d'ordre à mes cheveux. Je me débarbouillai aussi. J'étais déjà un peu plus présentable. Si j'avais pu, je me serais changé de fringues mais j'avais oublié de prendre ma valise avec mon costard trois pièces. J'avais oublié de penser aux petits détails qui évitaient de se faire remarquer.

Je me sentis mieux. Ce petit toilettage m'avait fait du bien. Maintenant, je pouvais sortir. J'étais devenu un homme des villes. Comme il se devait.

J'avais décidé de quitter la cité. Mais pour cela, il me fallait une tire. Il y en avait plein. Il n'y avait qu'à se baisser et vérifier qu'elles ne contenaient pas d'alarme. Au bout de trois rues, j'aperçus la voiture de mes rêves. Une petite noire. Discrète. Tonique. Pas trop urbaine quand même. Et de surcroît, facile à enlever. C'était une petite Fiat. Spécialement conçue pour les ténèbres.

La serrure céda sans trop faire de manières. Je m'installai au volant. Comme dans la mienne. Je l'avais branchée en lui touchant un peu les fils. Ça servait parfois de savoir bricoler. Elle démarra sur un air de rock. Le poste avait dû rester connecté. Nous partîmes tout droit devant nous.

Après pas mal de bornes, j'avais pu rattraper le jour. J'étais maintenant dans une plaine immense et le soleil n'allait pas tarder à surgir juste au-dessus du capot. J'eus inopinément une pensée pour Anne. Il m'avait semblé qu'elle allait apparaître là, entre les deux essuie-glaces, dans la lueur naissante du jour. Du coup, je m'étais arrêté pour pisser. Pas pour l'apparition car j'y croyais pas trop quand même. J'en profitais pour me repérer sur une carte. Je n'étais pas très loin de chez elle. Je veux dire de chez Anne. A quelques heures de route seulement. Je me remis au volant. Vers elle. Ça s'était fait machinalement. Comme ça.

Je roulais comme un dingue. La voiture s'était bien maintenue au milieu de la chaussée. J'avais toujours peur des bords. Ça pouvait provoquer des marginalisations indésirables. Et j'étais déjà assez bordélique comme ça sans en rajouter.

A la sortie d'un village, nous nous étions cognés au soleil. Nous fîmes un bout de chemin ensemble, puis je le laissai derrière nous. Je m'entendais bien avec la Fiat. On se comprenait. C'était déjà cela.

J'avais même embarqué une nana qui faisait du stop. Elle avait l'air complètement stressée. Elle regardait droit devant elle et n'avait pas décroché un mot durant tout le trajet. Je devais avoir une tête horrible. Au moins, comme ça, on était deux à regarder le pare-brise. Comme au cinéma, installés dans les fauteuils. A un moment donné, elle me demanda seulement de la laisser à la sortie d'un village. Ce que je fis. J'étais content de sa sage décision car à deux comme ça coincés dans une bagnole, c'était devenu étouffant.

Puis, j'abandonnai la voiture sur un parking désert dans une petite bourgade. Il n'y avait presque plus d'essence. De toute façon, j'aimais bien marcher à pied. C'était mieux comme approche. Ça restait plus humain.

Je marchais pendant des heures. J'avais même cueilli quelques fleurs. Des pâquerettes qui vivaient encore à l'air libre. J'avais aussi ramassé quelques coquelicots. Pour la couleur. Mais ils étaient trop fragiles et j'avais perdu les pétales en chemin, un à un. La route ressemblait maintenant à un vrai capharnaüm. C'était rempli de bestioles écrasées. Je pus compter deux moineaux, un rat, une musaraigne, un reptile (je ne m'étais pas approché pour regarder car j'aimais pas trop), cinq escargots, une douzaine de moustiques, six limaces et deux chats. Il y avait aussi un hérisson, j'allais oublier. Trente tués déjà à cette heure de la journée. C'était beaucoup quand même. Et puis, j'avais pas dû les apercevoir tous... Il y en avait peut-être qui avaient déjà été bouffés. Sûrement.

Chapitre XIX

J'avais quitté la route et je m'étais enfoncé dans les bois. Je suivais un chemin forestier. J'étais fatigué et je cherchais un coin pour m'arrêtai quelques instants. Je trouvai un abri derrière un tas de buissons. Là, je pouvais être tranquille et je pouvais sommeiller un peu.

Je dormis pratiquement toute la journée et en me réveillant, j'eus envie de bouger. Je me baladai aux alentours et j'étais sorti du bois. J'avais trouvé un vieux pommier et un prunier tout rabougri. J'avais pu ainsi m'alimenter de manière succincte. J'étais apparemment dans une région désertique car je ne vis aucune habitation même de loin.

J'avais repéré un vieux vélo pratiquement orphelin et je l'avais adopté. On voyagea ainsi pendant quelques jours. De la manière la plus discrète. Le vélo me suivait toujours et j'avais pu récupérer une bouteille d'eau que je remplissais régulièrement quand je passais devant un ruisseau ou une fontaine. Et puis, il y eut quelques villages mais quand je pouvais, je les évitais. La plupart manquaient de vie. Il n'y avait presque jamais personne dans les rues. Parfois, j'apercevais des paysans dans leurs champs mais ils levaient à peine la tête lorsqu'ils me voyaient et ils continuaient à travailler.

J'avais fini par me situer. Je n'étais plus très loin de la frontière mais il fallait que je trouve une carte. Que je me repère précisément. Puisque je devais faire clochard, j'avais décidé de jouer cette carte à fond. J'abandonnai donc mon vélo et je marchai jusqu'au bourg le plus proche. Je devais être complètement hirsute avec la barbe qui commençait à s'étoffer. Les gens me jetaient un coup d'œil furtif puis ils m'évitaient de peur peut-être d'avoir à me secourir. J'avais vu une église accolée à un presbytère. J'y étais allé et avais demandé à voir le prêtre. Il avait fallu que j'attende car il était en visite. La bonne m'avait installé dans une pièce et m'avait donné un tas de revues pour me faire patienter.

Finalement, je pus le voir et lui parler. Je lui racontai une histoire. N'importe quoi pour qu'il m'aide. J'étais orphelin, au chômage, à la rue et croyant. Tout ce qu'il fallait, quoi ! Je demandai quelques secours et un hébergement de quelques jours. Finalement, il m'avait installé dans une vieille remise qui avait été transformée en chambrette. Il y avait juste un matelas posé par terre et quelques étagères. Cela me convenait parfaitement. Il m'avait invité à partager ses repas. J'avais pu reprendre des forces. Le matin, je lui nettoyais le petit jardin attenant au presbytère et l'après-midi, j'allais dans la bibliothèque. J'étudiais toutes les cartes de la région. Près de moi, je gardais toujours un livre de Charles de Foucauld que je consultais quand le curé entrait dans la pièce. N'empêche que c'était passionnant son histoire avec le désert ou son périple au Maroc. J'avais aussi envie d'être ailleurs.

J'avais pris la décision de traverser la frontière. J'avais repéré le sentier de montagne qui y menait. Cela semblait assez facile. C'était le mieux pour moi. J'avais perdu ou fait voler tous mes papiers et j'avais pas envie de me retrouver au poste pour une histoire de papiers. Un papier censé être moi. J'estimais que l'original était préférable à ce morceau de pâte à bois aplati et informe. C'était sûrement pas moi.

Chapitre XX

Deux jours plus tard, j'étais parti. Le curé m'avait donné quelques provisions ainsi qu'un peu d'argent. De quoi tenir un mois ou deux. C'était vraiment sympa de sa part. De plus, je m'étais habillé de neuf avec des fripes qui étaient destinées à secourir des pauvres de la paroisse. J'avais complètement changé de look, surtout que je m'étais rasé et fait couper les cheveux.

Je traversais la frontière de nuit. Sans encombre. Je n'avais vu personne. Au loin, j'avais remarqué la cabane qui devait servir de bureau de police ou douane. Elle était déserte. Fermée pour la nuit. Heureusement pour moi. La voie avait été assez facile à suivre car elle était bien balisée et un léger clair de lune me permettait de me diriger sans encombre.

J'étais heureux d'être ailleurs. Dans un pays inconnu. Je regardais le ciel. Il avait changé de couleur. Même dans la nuit, il était plus bleuté. Un bleu que je ne connaissais pas. Peut-être bien aussi, qu'ailleurs, on modifiait sa perception de la réalité justement pour donner plus de consistance à la différence que l'on recherchait.

Dans l'aube naissante, j'étais arrivé dans une plaine qui s'étalait à perte de vue. Une vieille cabane apparemment abandonnée avait attiré mon attention. Comme il n'y avait personne, je m'y étais installé pour la journée. Je ne voulais pas prendre le risque de me montrer encore si près de la frontière. On aurait pu me demander ma carte d'identité ou mon passeport et je n'avais rien de tout cela.

Le lendemain, j'étais allé dans un petit bourg. Je pus changer de l'argent et prendre un autobus. La gare routière était située sur la voie principale. Plein de gens attendaient.

Je m'enfonçai un peu plus dans le pays. Un peu plus dans ma liberté. De temps à autre, des gens chargés de paquets montaient lors des arrêts. J'étais à côté d'une grosse bonne femme. Elle avait essayé de m'adresser la parole mais je lui avais fais comprendre à l'aide de gestes que je maîtrisais mal sa langue. En fait, j'aurais pu lui répondre mais je n'avais pas du tout envie de discuter. J'étais parti dans des songes et je voulais y rester. Une sorte de brume un peu vaporeuse avait enveloppé mes pensées qui défilaient aussi vite que le décor. Le paysage servait de toile de fond à mon vagabondage. Je me sentais bien.

En fin d'après-midi, nous étions arrivés dans une grande ville. C'était rempli de bagnoles, d'immeubles, de chiffres et de lettres. Toutes ces pancartes résumaient un peu notre civilisation : on ne communiquait plus qu'avec des chiffres pour attirer le chaland et des mots pour susciter des envies. Toutes les villes se ressemblaient. Du moins en superficie. Vues d'un autobus.

Je décidai d'aller au commissariat pour faire établir une déclaration de vol et recevoir ainsi une attestation. Cela me semblait mieux que rien et ça me permettait de circuler plus tranquillement.

Oui, on m'avait volé mes bagages et mon portefeuille. Comment ? Eh bien, dans la rue pendant que je consultais un plan pour chercher un hôtel. Cela avait été si rapide. Si rapide que je n'avais pas eu le temps de voir mes larrons. Non, je n'avais plus rien à ajouter. Oui, c'était la première fois que je venais ici. Oui, ça me plaisait. Beaucoup. Enormément. Passionnément. S'il vous plaît, vous penserez à mon récépissé ?

On me fit le récépissé tant attendu. Je m'étais refait une identité à peu de frais. J'avais changé de nom, de date de naissance, de lieu de naissance. Mais je n'avais pas modifié le sexe, ni la taille, ni la couleur de mes yeux. Mon corps restait identique, du moins sur les formulaires. Je devais aussi passer au Consulat pour signifier mon vol. J'y penserais.

Je sortis du commissariat en serrant précieusement le récépissé. En quelques instants, j'étais redevenu quelqu'un de tout à fait normal.

Chapitre XXI

Les rues étaient très animées. Je me promenais au gré des flux de la population locale. Je parvenais ainsi sur une large avenue bordée d'arbres d'où jaillissaient des cris d'oiseaux. Je devais être dans le champ des aviculteurs.

La foule s'écoulait entre les tables des cafés, des fleuristes, des revendeurs d'oiseaux et de plein de petits vendeurs de tout et de rien. Il y avait aussi des mecs qui faisaient des numéros exceptionnels et qui attiraient du monde autour d'eux. Entre les avaleurs de lames de rasoir, les séducteurs immobiles et les parieurs fous, on avait le choix. Il y avait plus économique et peut-être moins frustrant, les voyants, les tireurs de cartes et les chiromanciens. Justement, j'avais repéré, dans un coin, un cartomancien qui lisait les cartes dans pratiquement toutes les langues. J'avais eu envie de le consulter. Pour m'amuser. Pour y croire aussi si cela avait été favorable. Pour aller de l'avant en provoquant les évènements qui de toute façon devaient inévitablement arriver. Sur une petite table ronde, il avait commencé par étaler les cartes décolorées devant une bougie blanche. Un crâne humain assistait à la séance. Quelqu'un qui semblait bien présent. En tout cas, le voyant se proposa de me faire un prix.

Pour une modique somme, j'avais eu donc le droit à toutes les banalités de saison :

quelqu'un qui m'aimait dans la plus grande discrétion, c'était tellement discret que je mettrais du temps à m'en apercevoir. De ce fait, j'éliminai Anne car je m'en serais aperçu. Je mis aussi de côté Mélodie. A part elles, je ne voyais guère. Il était vrai que les possibilités pouvaient s'avérer innombrables. Au niveau du boulot, il y avait des collègues qui mettraient des obstacles sur le chemin de mon ascension professionnelle. C'était vrai que je m'étais retrouvé au chômage. Mais c'était agréable d'entendre des conneries qui auraient pu nous arriver. J'avais l'impression d'avoir recouvré ma normalité. Ça devait être cela : une normalité banalisée de toutes les médiocrités qui existaient sur terre. Mais il n'avait pas fini. Il fallait évoquer le problème de l'argent. J'allais recevoir une très grosse somme d'argent. Un héritage. Du côté paternel. Cela me convenait parfaitement étant donné que je n'avais plus de famille. Le seul point noir qu'il avait osé m'indiquer, c'était ma santé : quelques crises de foie en prévision. Sûrement, une des conséquences de la belle vie que j'allais mener avec mon héritage, ma promotion et l'amoureuse pudique. Ma foi, qui l'eût cru ? Je le remerciais vivement pour sa clairvoyance. Néanmoins, nous avions sympathisé du fait qu'il connaissait le pays d'où je venais par sa grand-mère qui, bouddhiste à l'époque, s'était convertie au catholicisme en épousant un cathare. Ensuite, il avait erré également dans toutes ces mouvances idéologiques et s'était retrouvé partiellement converti à une astrologie essentiellement ontologique. Je n'avais pas bien suivi son parcours mais je restais un moment à discuter avec lui de la vie ici-bas. Un philosophe du futur en quelque sorte. Pas quelqu'un qui se livre à la cartomancie, non, un vrai philosophe. Celui qui sait sur quelle planète on est, qui sait pertinemment qu'un problème est toujours une solution.

En guise de solution, 1 me proposa de me faire visiter la vieille ville et de m'indiquer quelques endroits où je pouvais dormir et manger pour presque rien. Il remballa son attirail : la table, la nappe, la bougie, le crâne, les cartes et un tabouret pliant. Nous partîmes dans des ruelles sombres, remplies de petits bars et de petits hôtels. Nous devions être dans un quartier assez chaud car c'était rempli de prostitués de tout sexe, de marins, de trafiquants en tous domaines qui arrêtaient les passants pour leur proposer de la came. C'était la fin de la soirée et l'agitation était importante. Mon voyant m'avait déconseillé d'aller dans certaines ruelles d'où il était difficile de revenir sain et sauf. On s'y faisait facilement braquer par des trafiquants d'héroïne et autres drogues. Nous avions fait un bon nombre de bars. J'avais beaucoup bu et il me présenta tous les gens de sa connaissance ainsi que tous ceux qu'il ne connaissait pas encore. Dans les vapeurs d'alcool et de cigarettes, je ne savais plus avec qui je discutais et encore moins de quoi. J'avais voulu embrasser une fille qui n'arrêtait pas de me lorgner mais son mec était arrivé, un peu efféminé.

- N'aie pas de regret, me dit-il, c'est pas une fille. C'est un mec. Comme toi et moi.

Je le regardai éberlué. Puis la fille. J'étais légèrement dépité. Ça devait se voir car il ajouta :

- Un travesti, quoi !

Mais peut-être qu'il me mentait pour que je laisse tranquille sa nana.

Ils sortirent du bar et la fille me lança un dernier regard plein de nostalgie. Pendant ce temps et sûrement entre deux bars, j'avais perdu de vue mon voyant. Mais je continuai sans lui. Dans la rue, on me proposa des ventes illicites. Je continuai à refuser. Je n'avais pas envie d'être embarqué dans des histoires qui ne m'auraient apporté que des complications.

Vers quatre heures du matin, j'étais revenu sur le champ des aviculteurs. Des putes se faisaient charmer par de drôles d'oiseaux. Je les regardais faire. Il y en avait une qui s'était approchée de moi mais j'avais envie de discuter, ni de faire l'amour. Elle avait dû me prendre pour un radin ou quelque chose de ce style. C'est vrai que j'avais envie de parler parce qu'elle avait de beaux yeux. Un regard long comme la Nil au coucher du soleil. A la fin ça s'embrumait. Elle me laissa tomber pour aller voir des mecs plus rentables et moins cons.

Dans la rue beaucoup de gens dormaient à même le sol ou sur les bancs publics au milieu des canettes vides et des papiers gras. Je me baladais parmi eux. Je pensais y retrouver mon cartomancien mais je l'avais définitivement perdu de vue. Du moins pour cette nuit-là. Je m'allongeai sur le parvis d'une église pour me reposer un peu. Mais je n'en eus pas le temps car deux filles, bouteille à la main et crucifix en plâtre dans l'autre avaient voulu me revendre un Christ sur sa croix.

- Vraiment, tu ne veux pas nous l'acheter. Regarde comme c'est beau.

- Mais qu'est-ce que je vais en faire ? Et puis, de toute façon, je n'ai pas d'argent.

- Mais on te fait un prix. Prends-le, va !

- Non, vraiment pas. On a déjà tous un Christ en soi. C'est pas la peine que j'en prenne un autre qui, en plus, n'arrêtera pas de me zieuter et de me faire de la morale. Le regard qui s'infiltre comme ça et qui te juge, c'est quelque chose qui t'assassine lentement, mais sûrement. D'où vous le sortez, ce Christ ?

- Oh, de par là-bas... On l'a trouvé. Alors, vraiment, c'est non ?

- C'est non.

- Eh bien, salut. Mais tu verras, tu le regretteras.

Elles partirent, le Christ sous le bras.

Du coup, je quittai l'avenue et je marchai le long des quais à la recherche d'un coin où me mettre. Il y avait quelques bateaux mais je n'y prêtais guère attention. J'avais trop bu. Trop fumé aussi. Finalement je trouvai un petit parc désert avec un peu de pelouse et quelques arbustes. Je me cachai derrière l'arbuste et je décidai d'y dormir un peu.

Chapitre XXII

Le lendemain, je cherchai du travail. Je parlais très mal la langue et bien sûr je n'eus aucune proposition. Ni honnête ni malhonnête.

Le soir même, je retrouvai mon voyant. Je lui dis qu'il me fallait absolument du travail et un logement.

- Et peut-être une femme aussi pendant que t'y es !

- Peut-être que cela pourrait être un bon début aussi. Pourquoi pas ?

En attendant, selon lui, je n'avais qu'à tirer les cartes. Il m'apprendrait. C'était pas difficile.

Je regardais faire. J'écoutais. C'était toujours les mêmes trucs qui revenaient. Cela s'adressait à des gens en attente qui connaissaient leur vie mais ils voulaient vérifier. Ils cherchaient des certitudes. Des surprises aussi. Finalement, je me mis à tirer les cartes. Je prévoyais ce que les clients souhaitaient le plus au fond. Mais toujours avec un happy end. Ç'était ma philosophie.

Je trouvai une chambre. Mais, par contre, je n'avais pas rencontré de nana. A vrai dire, je n'avais pas cherché. Je voulais pas. Pas maintenant du moins.

Epilogue

Bien sûr, je pense toujours à Anne. Et quand je tire les cartes, c'est ma vie que je leur raconte. On pourrait croire que les histoires d'amour sont uniques mais finalement, c'est toujours la même histoire, celle qu'on peut resservir à tout un chacun. Avec une autre saveur peut-être. Putain d'Anne. Je ne peux pas l'oublier. Mais je veux toujours croire que cette histoire est unique et qu'elle ne fait que commencer. Il n'y a que les cons pour croire le contraire. Je sais que j'ai raison. Les cartes n'arrêtent pas de me le dire.

Ce livre vous a plu, allez découvrir
les autres ouvrages de l'auteur

Le pays de la Liberté
Conseils de saison et autres salades
Chasseur de crocodiles
Carnet de déroute
Théo file au Sud
Théo à Tokyo
Lucia mène l'enquête
Education nationale : quelques reflexions et propositions

Imprimé par KDP (Pologne)

numéro d'ISBN : 978-2-9564406-0-4

Editions Le Point du Jour

Achevé en mai 2018

Dépôt légal mai 2018